メイド・イン・マンハッタン

ジェームズ・エリソン＝著
エドモンド・ダンテス＝原案
ケビン・ウェイド＝脚本
池谷律代＝訳

Maid in Manhattan

A novel by James Ellison
Based on the Motion Picture
Story by Edmond Dantes
Screenplay Written by Kevin Wade

目次

主な登場人物

マリサ……………………………………ベレスフォード・ホテルで客室係として働きながら息子を育てるシングル・マザー。

クリス……………………………………ニューヨーク州議会議員。亡き父の後を継ぎ、上院議員選挙に立候補する。パパラッチに日々追い回されている。

タイ………………………………………十歳になるマリサの息子。頭がよく、繊細で優しい。今は七〇年代の政治とサイモン&ガーファンクルに夢中。

キャロライン……………………………サザビーズ重役。遊び人で、勘違いで誘われたデートをきっかけにクリスを射止めようとする。

ステファニー……………………………マリサの同僚の客室係で、明るく、姉御肌のしっかり者。マリサの夢を応援する。

ジェリー…………………………………クリスをスキャンダルから守るべく奮闘するが、振り回されてばかりの主席補佐。

ライオネル………………………………ベレスフォードの古参バトラー。マリサを高く評価しており、その恋をそっと見守る。

マーカス…………………………………マリサの元夫。何をしても長続きしない。

マドックス………………………………卑劣な手段も辞さないクリスの政敵。

メイド・イン・マンハッタン

第一章　金曜日

一日の始まり

初秋の週末。いつもと変わらない金曜日が始まる。

マリサ・ベンチュラはこの週末に、彼女の人生が大きく変わるとは思ってもいなかった。三〇歳が目の前に見えてきたシングル・マザーながら、ラテン系アメリカ人特有の浅黒い肌は艶やかで、彫りの深い整った顔立ちと気取らない人柄で、まったく異なるふたつの世界――職場と生活の場――をたくましく生きている。ひとつは高級ブティックや贅沢《ぜいたく》なナイトクラブ、美しく着飾った人々で活気づくニューヨーク・シティ。彼女はマンハッタンのミッドタウンにあるベレスフォード・ホテルで客室係《メイド》として勤勉に働く。もうひとつは居酒屋と場外馬券売場が並び、街角に立つ売春婦や買春する男たちを日常的に目にするブロンクスだった。そこでは、酔っぱらいや賭けのカードゲームに興じる人たちのすぐ横を、救急車やパトカーがサイレンを鳴らしてひっきりなしに通り過ぎていく。

喧騒の絶えないこの下町で、彼女はワンベッドルームの狭いアパートメントに、一〇歳の息子タイと暮らす。マリサは内に秘めた強さを誇りに思うことで、華やかできらびやかなマンハッタンに愚かな羨望を抱かず、けっして恵まれた環境とはいえないブロンクスの暮らしを嘆かずに、このふたつの世界に生きることに何とか馴染んだ。メイドの仕事があるからこそ毎月の支払いも滞ることなく、わずかながらも残る金で、乱読家のタイに本を買ってあげることもできた。担任の教師の話では、タイはまだ六年生ながら八年生の授業を問題なく理解できるという。知能に恵まれた息子タイは彼女の人生の誇りであり、目に入れても痛くないほど愛情を注いでいた。

マリサはタイを見守りながら、いったい彼の知性は誰の血を受け継いだのだろうかと、しばしば不思議に思ったものだ。

わたしだって学校の成績は悪くなかったし、ニューヨーク・タイムズ紙をちゃんと黙読できる。でも、ロケットを開発するような科学者じゃない。あの子の父親マーカスも頭は悪くなかった。だけど、めったに頭を働かせなかったわ。頭を使うことにかけては怠け者で、ずる賢さとマッチョな魅力を頼りに、適当に世渡りをしている程度の男だわ。こんなわたしたちのあいだにタイが生まれたんだから、鳶が鷹を生んだとからかわれるのも当然ね。

マリサとマーカスは高校時代からの恋人同士だった。高校を卒業してすぐに、彼女は妊娠した。アイルランド系アメリカ人のマーカスは、口は達者で行動力もあったが、何をするにしても長続きしなかった。タイの誕生はマリサには大きな喜びだったが、マーカスとの仲は急速に冷めていった。若いマーカスは勤勉に働くことより、まだまだ仲間と陽気に騒いでいたかった。彼がマリサの貯金を使い果たしてしまうと、彼女は別れを切り出し、独りでタイを育てる決心をしたのだった。

タイが二歳になるかならないかのうちに、すでに、マリサもマーカスも彼が特別な才能に恵まれた子供であることをはっきりと意識した。もしかしたら、天才かもしれないとさえ思った。二歳にしてはっきりと話し、アルファベットを理解するどころか、童話の本も読めたし、色を識別できた。何にでも疑問を持ち、いつも質問攻めにしてマーカスを困らせたものだった。

それから八年たった現在も、週末や感謝祭やクリスマスなどの特別な機会に、マーカスとタイは会い続けている。しかし、マーカスは直前になって約束を破ることも多く、そのたびにタイを失望させることがマリサは悲しかった。

初秋の金曜日の朝、マリサはいつものようにタイを急かした。彼は朝に弱く、学校に遅れないようにと気持ちだけは逸るものの、動きはカタツムリのようにノロノロしていた。ヘッドフォンでCDを聴きながら、ベッドに腰掛けてグズグズとスニーカーの紐を結び、その横でマリサが使い古したダッフルバッグに、服と本とCDを詰め込んだ。タイは学校が終わったら、マーカスとキャンプに行き、月曜日までの三連休を父子で過ごす予定だった。

「本当に朝御飯は食べなくていいの、ハニー？」

タイは母親の言葉を聞いていなかった。マリサは彼のヘッドフォンをずらすと、もう一度同じことを訊いた。

「お腹、空いてない」タイは眠そうに答えた。

「朝御飯は一日で一番大切な食事なのよ」その諦めたような口調から、彼女が息子に何度も同じことを言っているのがわかる。「朝御飯を抜くのは体によくないのよ、タイ」

「ごめんね、ママ。全然食欲ないんだ」

マリサはため息をついて、分厚い本を四冊、タイに見せるように持ち上げる。「これを四冊とも持っていくの？」

「何？」タイは靴紐に凝った二重結びをすることに気を取られていた。何度結び直しても、カッコよくできない。タイは手先があまり器用ではなかった。彼は現実に体を動かすより、空想の世界で動くほうが得意だった。

「これを全部、バッグに詰めなくちゃいけないの、と訊いたのよ」

タイはチラリと顔を上げると、マリサの手から一冊取る。「この本はすごく面白いよ、ママ。生きた歴史だ。政治の動きがよくわかるんだ」

マリサは一〇歳の子とは思えない言葉に感心し、彼から本を受け取り、題名を読み上げる。

「『権力の濫用：新たなるニクソン盗聴テープ』？　タイ、シンクタンクに勉強に行くんじゃなくて、パパとキャンプに行くんでしょ」

　タイはすくっとベッドから立ち上がった。机に散らかるレポート、テープ、CD、そして、彼が集めたガラクタの山に飛びつき、ゴソゴソ漁ると、最後にお気に入りのゲームボーイをようやく見つけた。

「これも入れて」ゲームボーイをマリサに渡すと、また、スニーカーの紐を結ぶことに気を取られた。ようやく何とか形よく結べると、顔を上げて母親ににっこりと笑いかける。「ポール・サイモンがニクソンの選挙への反動で『アメリカン・チューン』を作ったって知っていた？」

「知らなかったわ」彼女は愛情に満ちた笑みを浮かべて息子を見る。「ゲームは持っていく？」

「いらない。パパが嫌がるんだ」

「わかった」

「このゲームのトリビア・クイズをしながら、パパは怒っていた。アメリカ人の定義に、この国に移民してきた人たちのすべてを含んでいなかったから」

「あなたのパパはよく腹を立てるのよ」

「そうだね……彼はいろんなことをとても気にかける。彼ってポールだ、パパのことじゃないよ。彼はぼくらの気持ちを代弁して歌ったんだ。ママやぼく、おばあちゃん《アブエラ》、彼女の両親、その親たち……貧しい人たち、疎外された人たち。みんなのために歌ったんだ」

「それじゃ、ミスター・サイモンに感謝しなくちゃ」マリサは淡々と言った。「さあ、急いで、タイ。もう靴の紐は結べているから、いいんじゃない。遅れちゃうわ」

　アパートメントの建物から出てくると、マリサは息子より数歩前を歩き、少しでも彼を急かそうとした。角まで二ブロック歩き、そこで、公営バスに乗る。タイはヘッドフォンの位置を直してCDを聴きながら、バックパックの重みに前屈み気味の姿勢で歩いた。マリサは自分の荷物のほかに彼のダッフルバッグも持っている。

「タイ、スピーチをちゃんと暗記した?」

　タイはCDに聴き惚れて、彼女が話しかけているのに気づかなかった。

「タイ!」マリサは声を大きくした。彼の耳からヘッドフォンを外すと、初秋の朝の冷気にメロディが流れる。「ハロー? これで聞こえるわね。少しはCDを止めなさい」

「だって、サイモンとガーファンクルだよ」

「あら、そう。気がつかなかったわ」

「止めちゃだめだよ、曲の途中なんだから」まるで諭すような言い方だ。「恥ずかしいよ。サイモンとガーファンクルに失礼だよ」

「了解」

バス停まで来ると、マリサはタイを乗車列に並ばせる。「気をつけて。水溜まりがあるから」

タイは周囲への注意力が散漫になることがよくあり、彼が交通量の多い通りを一人で渡る時など心配だった。

「彼らはどうして別れたの?」

「誰のこと?」

「サイモンとガーファンクルだよ」

「わたしに訊かれてもね。ママだって知りたいわ。学校に行ったらインターネットで検索すれば、わかるかもしれないわよ」

「ウン、そうだね」

バスの到着を待ちながら、マリサは息子を見つめた。彼女は時として、マーカスと自分がちょっと変わっているけれど、こんなにも素晴らしい子供を得たことを信じ難く思うのだった。タイは救い難いほど無精で、危なっかしいほどぼんやりしていることもある。だが、優しく、賢く、愛らしく、何よりも心が純粋だった。

「何にでも絶頂期があるのよ、タイ。そして、潮時もある。これはあらゆることに当てはまるわ。わたしの言うこと、わかる?」

タイはうなずき、おずおずと思いやるようにマリサを見る。「ママとパパもそういうことなの？　ママたちにも仲のいい時があったんだね」

マリサはタイを見てほほえみながら、精巧に整備されたモーターのように、回転の速い息子の思考回路に驚くばかりだった。

「まあ、そんな頃もあったかな。だめよ、そばを離れないで。列からずれているわ」

「ママ、重要な質問」

「何？」

「答える前に、ちゃんと考えてくれる？」

「いいわよ、何なの？」

「今日、ぼくがスピーチをしなければどうなるかな、と思ってさ」

マリサが答えないうちに、バスが黒い排気ガスをはいて到着すると、先にタイが乗り込み、運転手に通学パスを見せた。続いて、マリサがメトロカードをスロットに挿入した。

「切れているよ、お客さん」バスの運転手は彼女の顔も見ずに言った。

マリサは顔をしかめて運転手を見る。「何ですって？」

「メトロカードのことだよ、ママ」

「あら、ごめんなさい」ハンドバッグに手を入れて小銭を探した。

「嫌だわ」と呟いた。「タイ、小銭を持っている?」

タイがポケットをゴソゴソと漁るあいだに、マリサはバッグの底からコインを取り出し、料金挿入口に落とす。「一ドル三五セント、四〇セント、四五セント……」

タイはレッドクロスのナイフを取り出したが、小銭はなかった。

マリサの後ろで乗客の列ができ、バス運転手はフロントガラス越しに列を見て、急かすように口笛を吹いた。バッグをさらに探すと、ようやく五セント硬貨が一枚見つかる。「よかった、これで一ドル五〇セント」と硬貨を入れた。「いいわよ、タイ、先に進んで」

バスの前は混んでいたので、二人は後方の座席へと進んだ。すると、タイが切り出す。「スピーチのことだけど……」

「そうね、話の途中だったわ。スピーチがどうかしたの?」

「怒らないで」

「もう怒っているかも」

「スピーチをしないことにしたら、叱られるかな?」

「わたしとパパを困らせたいの?」

「スピーチをしたくないんだ、ママ。する気になれないんだ。スピーチのことを考えるたびに、壇に上がって、話すことを考えるたびに、自信がなくなるんだ」

マリサは拳骨でタイの頭を軽くたたく。「今さら、何を言っているの。夏休み中、あのスピーチを書いていたじゃない。夏のあいだ、ずっと。そうだったわね、タイ。早く聞きたいわ。絶対に、ママは聞きたいな、いい？」

タイは座席に腰掛ける。「退屈なスピーチだ。面白みも、活気もない。気に入らないんだ。このスピーチで、ぼくの学校での評判がもっと悪くなる。きっとそうだよ」

「ママは退屈しないし、アブエラもパパもそうよ。だから、あなたのほうが間違っているんじゃない？」

「パパと会うのはスピーチのあとだと思っていた」

「違うわよ」マリサの口調はいくぶんきつくなる。「パパも聞きにくる。スピーチの時間に来るの。そのあとで、あなたたち二人でキャンプに行く。だから、このダッフルバッグを持ってきたんじゃない。おかげで、ヘルニアになりそうだわ」

「女の人もヘルニアになるの？」

「さあ、なるんじゃないかな」浮かない顔の息子をチラリと見て、何気なく彼の上着から糸くずをはらう。「どうかしたの、ハニー？」

「パパはきっと遅れるよ」その声は静かだった。「ちゃんと来れば、の話だけど。みんなにパパが遅れたのを知られる。それなら、来ないほうがいいくらいだ」

「何時に始まるか、パパはちゃんと知っているわよ、タイ。心配しないで。何があっても遅れるわけがないじゃない」

タイはうなずいたが、ヘッドフォンをふたたびかけた時にも心配でまだ表情は曇っていた。マリサはしばらく彼の様子を見てから、ヘッドフォンに手を伸ばし、頭から外す。「ヘイ、ちょっと、ママのほうを向いて」

「何？」

「顔に何かついている」

マリサは身を屈め手を伸ばしたが、顔は拭かずに頰にキスした。「タイ、あなたは誰よりも頭がいい。でも、いつもこれに引っかかるのね」と笑った。

「そうみたい」タイはマリサから身を引く。「もう、やめてほしいよ、ママ。恥ずかしい。こういう女々しいことをするようなチビじゃない」

「それじゃ、ママは悲しいわ」

タイが通う学校は三〇年前に建てられた赤煉瓦造りの古い建物だった。それから、数世代に渡る子供たちが外壁に無数の傷をつけてきた。タイの知能指数は高く、すでに一学年飛び級をしているので、クラスでは一番年下で、体も一番小さかった。内気で授業中はあまり発言しないが、先生に指名されると、ほかの生徒が答えられないような質問にも、恥ずかしそうに答えることがしばしばあった。そんな様子を茶化すように、ブレインとかブレイニアックとあだ名を付けられていた。生徒のあいだでは、これは変態とかロッカー泥棒にも等しい軽蔑的なあだ名だ。マリサは注意深く彼を守らなくてはならないと感じていた。彼女にしてみれば、タイはブロンクスの公立学校という、熾烈なジャングルに放り出された赤ん坊と同じだ。

「なんて格好……」校門に向かってくる長身の少女を見て、マリサは言葉に詰まった。長い脚にぴったりした黄色いズボンをはき、へそとお腹が見えるブラウス姿の少女は一三歳だが、かなり大人びて見える。「あれ、ティアナ・ザコウスキー？　すっかり大きくなって……」

タイが横目であたりを見回すと、マリサが肘をそっと突く。「ほら、向こうから歩いてくるわ。今年も、彼女の補修学習を手伝うの？」

二人に気づくと、ティアナは優しくタイにほほえみかける。「おはよう、おチビちゃん。元気？」

「きみは？」タイは彼女に合わせて、できるだけカッコよく挨拶した。

「一緒に、朝の集会に行かない？」

「いいよ」タイは母親がいることをさり気なく無視して、歩調を早めた。それから、思い出したように振り向いて、口を開く。「スピーチが始まるのは――」

「知っている」マリサはほほえみながらさえぎる。「ちょっと来て、タイ。顔に何か付いていているわよ」

タイは数歩後ずさりして、手を上げる。「やめてよ。二度目は引っかからない。それほど間抜けじゃない」

「わかったわ、ハニー。じゃあ、行ってらっしゃい、気をつけて」

「ママも」タイは小声でささやいた。

マリサがティアナと並んで歩いていくタイを見守っていると、黒いセダンが車寄せに停まった。後部ドアが開くと、綺麗に折り目のついたズボンと磨かれたグレンソンの靴が見える。降りてきたのはニューヨーク州議会議員クリストファー・マーシャルだった。その後ろには彼の首席補佐を務めるジェリー・シーガルが続いた。車から降りてきた二人は何か話し込んでいた。彼らは対照的だ――ほとんど贅肉のついていない長身で、色白金髪のマーシャルは理想的なWASP（アメリカの支配的特権階級のアングロサクソン）の典型とも言えるのに対し、シーガルは浅黒い肌をして小柄で、頭は禿げている。マーシャルが教養のにじむ東部訛でゆっくりと話すのに対して、シーガルはまるでつねにカフェイン過剰気味であるかのように、リズミカルな早口で話した。

二人に共通しているのは三〇代半ばということだ。民衆を惹きつける魅力的なマーシャルと、忠犬のように誠実に彼に仕えるシーガルはいいコンビだった。シーガルは選挙を有利に展開させるために、裏方で活躍する。いつの日か、恐らく一五年か二〇年したら、クリストファー・マーシャルが合衆国大統領に選出されることを、シーガルは密かに期待した。そうなれば、彼は玉座の影の主役だ。マーシャルが頂点に昇り詰めるまでに交わした取引、嘘、反故《ほご》にした約束など、ありとあらゆる秘密が入ったパンドラの箱の鍵を握る存在となるはずだ。

この朝、マリサ・ベンチュラとクリストファー・マーシャルが一瞬、すれ違った。どちらも、それぞれに予定の詰まった日々に没頭し、すれ違ったことすら気にしなかった。マリサは横目で彼を見て、ハンサムだけど政治家だわと思った程度だ。彼女は政治家に何かを期待しても無駄だと思い知らされてきたので、政治家というだけで、本来備わる人間的な資質を見る興味を失った。彼女はマーカスのおかげで、高校生時代から政治家に偏見を持っていた。マーカスは共和党、民主党にかかわらず、いくら高邁な理想を掲げていようとも、政治家はペテン師に過ぎず、自分の権力を強化することしか考えていないと見なした。

マーシャルは歩きながら、早口でまくし立てるシーガルをさえぎる。「いや、だめだ。まだ早いよ、ジェリー。ぼくが出馬を表明するまでは、これはただの視察ツアーだ。露骨な選挙運動にしたくない」

二人が校舎の玄関口に向かって歩いていくと、生徒たちが振り返って彼らを見つめた。浅黒い肌に黒髪の子供が多い中で、朝の微風に乱れるマーシャルの金髪は際立っていた。何となく空気がざわつく。ブロンクスの公立ミドルスクールに通う子供たちは、クリストファー・マーシャルのような上質の服を着た白人が、学校訪問に来るのに慣れていなかった。二人が話しながら悠然と歩いていくのをじっと眺める生徒の中に、タイとティアナもいた。

マーシャルもシーガルも子供たちの目をほとんど気にしなかった。

「すべては選挙運動だ」シーガルは譲らない。「わかっているだろ。誰が正式の出馬声明を待っている？　きみの人生は選挙運動そのものなんだ」

「もういい。やめてくれ」とマーシャル。

二人を見ながら、ティアナがタイにささやく。「彼、すっごくカッコいい」

「彼はニューヨーク州議会議員だ。選挙ではずっと善戦をしてきている」タイは首を傾けて二人をじっと見つめる。「きっとぼくらのスラムを訪問するよ」

「あんなに青い目を見たのは初めて。空の色みたいじゃない？」

「今日は曇り空だよ」タイは上を指した。

「まったく、つまんない子ね」

シーガルがマーシャルに近寄る。「きみがお父上の議席を受け継ぐために出馬することは、誰だって知っている。有権者は当然だと思っているよ。父親の議席を息子が継ぐのはお伽噺みたいなものだ」シーガルはすばやく頭を回す。「ほら、見るといい！」

校舎の玄関近くでは、カメラマンと記者の一群がマーシャルをとらえようと待ち構えていた。

「おれの言うとおりだろ？　ささいな学校視察も、未来のニューヨーク州上院議員には絶好の宣伝だ」

シーガルの言葉を裏付けるように、いくつものマイクロフォンがマーシャルの顔に差し出され、カメラのフラッシュが焚かれる。マーシャルが作り笑いをすると校長がネクタイを肩に飛ばしながら勢いよく飛び出してきて、彼の手を握った。

「マーシャル議員」校長は息を切らしている。「校長のカルロス・バレスケスです。お父上のご逝去にお悔やみを申し上げます。わがミドルスクールを代表して、心からの哀悼を捧げます」

「ありがとう、バレスケス校長」

ジェリー・シーガルが校長に近寄ってささやく。「初めまして、校長。写真はいかがですか。マーシャル議員と握手して、そう、にっこり笑う。いい写真です」

カメラマンが一斉にシャッターを切った。タイは遠巻きにその様子をじっと見ているようだったが、心はうわの空だった。

「パパ、遅れないといいんだけど。ああ、それより、失敗するなよ、タイ」彼は密かに呟き、自分を励ました。

ベレスフォード・ホテルの朝

その朝、ニューヨークの二大タブロイド新聞は、ニューヨーク州議会議員クリストファー・マーシャルがマンハッタンの街角でブロンド美女と口論をしている写真を一面に掲載し、特集記事を組んでいた。ひとつのタブロイド紙には「クリス・マーシャル流防衛」と大見出しが踊り、リードには「故上院議員グラント・マーシャルの息子、スーパーモデルとの婚約を破棄！」と記されている。

マリサはマンハッタンのミッドタウンまで地下鉄を利用する。通勤、通学客の多くはマーシャル議員の動向を興味本位に追った記事を読み耽《ふけ》っていたが、彼女は片手で吊革をしっかりつかみ、タブロイド紙ではなくペーパーバックの『才能豊かな子供の育て方』を読んだ。新聞やマスコミ報道の多くは大げさな内容かうぬぼれた内容か、あるいは、権力者《パワー・エリート》の提灯記事に過ぎず、ときにはその三つを備えることもある、とマーカスは信じた。彼は何でも誇張しがちだったから、いささか言い過ぎだとわかっていたが、マリサは雑誌や新聞より書籍を好んで読んだ。新聞とは異なり、書籍は一過性ではない。とくに、タブロイド紙は使い古されたネタを繰り返し掲載し、コーヒーとデニッシュ・ペストリーの休憩時間に適当な話題を提供するのが関の山だ。マリサはタブロイド紙を読むより、できるだけ自己啓発に時間を割きたかった。好奇心旺盛でどんどん知恵を付けてゆくタイに置いてきぼりにされたくなかったから、彼女もできるだけ勉強をした。

マリサは六番の各駅停車に乗り、五〇丁目で降りた。混雑する中を、なるべく他人の肩や荷物にぶつからないように器用に進み、階段をキビキビと上った。地上に出てから二ブロック南下し、西に曲がって一ブロック行くと、ベレスフォード・ホテルがある。彼女は歩きながら、バッグから携帯電話を出して短縮ダイヤルを押した。「もしもし、マーカス――」留守番電話が応答した。「マーカス、わたしよ。いい、よく聞いて。タイのスピーチは四時に始まるから、絶対に遅れないでちょうだい。約束よ。じゃあね」

高価なカーペットが敷かれた入り口を避けてベレスフォードに入っていくと、マリサはすぐにコーラに目を止めた。彼女はゆったりとして贅沢なロビー内にある高級宝飾店で働き、いつもこざっぱりと洒落た服を着ていた。服だけでなく、宝飾店の店員に相応しく、入念に手入れした指にオリジナルデザインの指輪をしていた。

「元気、コーラ?」マリサはにこやかに声をかける。「わたしのダイヤモンドは売れちゃったかしら?」

「あなたのルビーとエメラルドと一緒に並んでいるわよ」

「そのうちに、どれかひとつは買おうかな」

「当てにしていいの?」

「当てにしないで。体によくないから」

「残念」コーラは苦笑した。

マリサは奥に進み、並んで休みなく電話に応答するオペレーターたちの横を通り過ぎた。その中の一人イレーネが彼女にウィンクすると同時に、よく訓練された落ち着いた声で応答する。

「ベレスフォード・ホテルでございます。はい、しばらくお待ちください……」

「必ず、お客さんを待たせておくのね」マリサがニヤリとした。

「泊り客で立て込んでいるような感じが出るから」イレーネはもう一度ウィンクした。

マリサはイレーネに手を振ると角を曲がり、通用口を抜けて、ベレスフォードの警備室まで早足で歩いた。警備室に並ぶモニターの前には、年配のアフリカ系アメリカ人キーフ・タウンゼントが退屈そうな顔をして座っていた。彼女が壁のタイムカードに手を伸ばすと、キーフが陽気に声をかけてきた。

「おはよう、マリサ」キーフは笑みを浮かべてモニターから顔を上げた。彼の声は深みがあり、優しく響いた。

「調子はどう、キーフ?」マリサはカードをレコーダーに挿入して、打刻する。「時間どおりだわ」

「あんたはいつも時間どおりだ。一度も遅刻していない」

「そうよ。わたしって、完璧でしょ、キーフ？」

「ああ、雨降りと同じだ。そうだ、雨といえば、外の天気は？」

毎朝、マリサに天候を尋ねるのが彼の習慣だった。彼女のほうも、その質問をされないと、朝が始まらないような気分になっていた。「晴れ、ときどき、曇り。いい天気よ」彼女はにこやかに答えた。

「ああ、気持ちよさそうだ」

マリサは並んだモニターにチラリと視線を向ける。「何か面白いことはない？　何かおかしな動きはないの？」

キーフは彼女を手招きした。白黒の粒子の粗い映像を覗き込むと、ずんぐりした中年男が必死にドアをたたいている。男は素っ裸で、ドアに体当たりするたびにそのたるんだ尻がブルブルと揺れた。空いている手に新聞を持ち、前を隠している。

「何、これ！　どうしたの？」マリサは思わず吹き出した。

「彼はニューヨーク・タイムズを取るためにドアを開けた。すると、奥さんが彼を押し出したんだ」キーフには朗らかな北カリフォルニア訛《なまり》があった。

マリサはお気の毒と言いたげに首を振り、顔をしかめる。「嫌だ。朝一番でこんな汚いお尻を見たんじゃ、わたしだって、蹴飛ばしてやりたいわ。あら、待って、止めて。この人、知っている。わたしの担当よ。ミスター慢性下痢症」

「あんたはあだ名を付けるのが本当に巧いよ、マリサ。ヘア・カーラー・レディに、ミスターうっかり露出狂。おれも陰であんたになんて呼ばれているのか心配だよ」

「クラーク・ゲーブルよ」

「クラーク・ゲーブル？」

「そうよ」マリサはホテルの内線電話を取ると番号を押す。「チャールズ・スイートにバスローブを大至急《ASAP》で持っていってちょうだい」彼女をキーフのほうを向いてニヤリと笑った。「クラーク・ゲーブルは冗談。あなたは神ね」マリサはモニターを指さす。「だって、あなたはすべてを見て、それでも笑っている」

キーフは満足げにうなずく。「それ、気に入った。確かにおれは神だ」

「じゃあ、またあとで、神様」

「ああ、マリサ」

マリサは長い業務用階段を下り、蒸気が漏れる暖房用パイプの下を抜け、ゴミが溢れそうな大型ゴミ容器や作業中の修理チームの横を通り過ぎた。重々しく、じめじめした特有の匂いが充満していた。獣のお腹の中みたいだ、と彼女はいつも思っていた。はるか階上のスイートの信じられないような贅沢な暮らしとは対照的に、ここはＳＦ『タイムマシン』の地底世界だ。そして、ここが彼女の知る世界だ。「だから、何だっていうの？」マリサは思わず気持ちが口に出た。

「マリサ、あなたはまだまだ若く、美しい。それを忘れないで」と自分を励ました。

ルームサービス用の厨房に入ると、誰かが持ってきたラジオからポインター・シスターズの『イエス・ウイ・キャン・キャン』が陽気に流れていた。それに、朝食のワゴンを準備するルームサービス係の声や動きが混じり、厨房は活気づいている。マリサは騒々しくとも、組織だって仕事が片づけられていく様子に感心した。いつでも、いつの間にか仕事は片づき、しかも、間違いなく処理される。それが彼女たち、現場で働く者たちの役目だ。

若い給仕が白い歯を見せて、マリサに手を振る。「ハーイ、マリサ」

「元気、スティーヴ？」

料理人ミズ・ヴィクターはまるで海兵隊の鬼軍曹のように、注文を大声で読み上げている。

「静かに。料理の最終点検！　間違いは許されないの。何事もなく、朝の仕事を完了するのよ、いいわね」

マリサは厨房を抜けて、仕立て室に入った。地下の狭苦しい部屋はまるでむき出しの石で造られたように無味乾燥で、修理する服が山のように積み上げられていた。お針子のリリー・キムは小柄な韓国人だ。二〇代半ばの彼女は髪を短く刈り込み、どぎつい濃いアイシャドーで顔が際立っている。マリサが入ってきたのにも気づかず、黙々とミシンを踏んでいた。

「おはよう、リリー」

リリーは顔も上げずに言う。「ドアの後ろにある」

マリサはハンガーに吊してある裾上げしたジーンズを手に取る。「ありがとう、リリー。助かった。お礼は何がいい?」

リリーはミシンを踏む足を止め、悪戯っぽい笑みを浮かべてチラリとマリサを見る。「ベレスフォードの客室用スリッパが新しくなったんでしょ」

「わかった」マリサはすましてうなずいた。

「それから、キールのシャンプーがなくなりそうだな」

「それも問題なし。ほかには?」

リリーは肩をすくめる。「あなたがこっそり持ってこられるものなら、何でもいいし、いつだって欲しいわ」

「ランチにハンドバッグを持ってきて。中は空にしてね」

「すごく大きなハンドバッグを持っていく」

「大きければ大きいほどいいわ」マリサは吹き出して笑う。「じゃあね」

「またね、マリサ」

マリサは軽やかな足取りで仕立て室から出ると、その先の制服室に進んだ。部屋の奥でテレビが音を立て、ニュースキャスターのダイアン・ソーヤーが誰かにインタビューしているのが聞こえた。テレビの前にはいつも気のきいたウィットでみんなを笑わせる、豊満な体つきのアフリカ系アメリカ人のクラリス・ラポンテがいた。

「元気、クラリス？」

「いつもと同じ」

マリサはテレビを示す。「ベッドで朝食をとって、モーニング・ショーを観られたら、最高だわ。一度はやってみたい」

「ほんとよ。夢のまた夢だけど」

二人はほかのメイドと一緒に並び、制服を選んだ。近くでは、客室係主任のポーラ・バーンズが三人の新米メイドを案内していた。

「いいですか、ベレスフォードのメイドはいつでもお客様の便宜を図ります。ベレスフォードのメイドはつねに完璧でなくてはいけません」

クラリスが呆れ顔で目を回す。「ベレスフォードのメイドは釘付けされていないものなら、何でも盗みます」マリサの耳元で冗談をささやいた。

ポーラ・バーンズの説明はさらに続く。「ベレスフォードのメイドは笑みを絶やしません。ベレスフォードのメイドとして歩み出すときに、絶対に忘れてならないことは――」バーンズは劇的な効果を狙って一呼吸置く。「つねに、目に見えない存在であろうとすること」

何人かのメイド、そして、クラリスが誰よりもドラマチックに、バーンズの口調を真似てみせる。「つねに目立たずに」

ポーラ・バーンズは壁にかかる月間優秀社員の写真を示す。写真のメイドはあたかも「わたしは優しく、純情」と言っているかのように、明るい笑顔と素朴な表情をしている。写真の下には「つねに目立たず、勤勉に仕える、をモットーに」と記されていた。

クラリスはマリサに体をすり寄せて、ささやく。「毎日目立たず仕えていたら、きっと、ある日、みんなが一斉に消えちゃうわ」

マリサは笑いをこらえて、制服を手に取ると、ロッカー室に持っていった。すでに親友のステファニー・ケーホーが彼女のロッカーの隣に座り、制服に着替えていた。黒髪が美しく、彫りの深い顔立ちのステファニーはマリサより二、三歳年上のラテン系で、カナリア諸島の訛があった。ステファニーはつねに恋をしていて、いつも男に悩まされているが、姉御肌の優しい心の持ち主だ。タイはマリサの友だちの中で誰よりも好きな彼女を、「おばちゃん《アンティ》」と呼んでいた。

「調子はいい？」マリサはすばやく私服を脱ぎ始めた。

「もう、聞いた？」

「何を？」

「クリスチーナがついに辞めるのよ」

「厨房のクリスチーナ、それとも、副支配人の？」

「副支配人のほう。どういうことかわかるわね」

「人事異動」

「そう。人事異動と昇級のチャンス」

「つまり、仕事に励めと別の誰かにお尻をたたかれるってことね」

クラリスが制服を持ってロッカー室に飛び込んでくると、ステファニーが声をかける。「新人はどんな様子？」

クラリスは全身を揺すって笑う。「ポーラの話を神妙に聞いているわよ。ま、誰でも最初はそうだけど」

髪をブロンドに脱色したバーバラ・ノリスも仲間に加わり、ステファニーの腕を軽くつついた。痩せた彼女は疲れから顔のしわが目立つ。

「おはよう、バーブ。クリスチーナが辞めるってこと、もう聞いた？」ステファニーは彼女を見た。

「あんな嫌な女、いなくなって清々する」

「新しい副支配人が来るのかな」

「威張り散らしていた彼女よりましなら、誰だっていいわ」

「一〇時間後の休憩まで、今日も仕事よ」

「何があっても仕事は変わらない」

ステファニーがマリサに向き直ると、彼女は白い靴の紐を結んでいた。

「どうする?」

「どうする?」マリサが怪訝な表情で顔を上げる。「どうするって、どういう意味なの、ステフ? 何が言いたいの?」

ステファニーはマリサの真ん前に立ち、彼女のロッカーのドアを力強く閉めた。

「ボケないでよ。いちいち説明しなくちゃならないの? あんた、本当にわからないの?」

「だから、何が?」

「突破口よ。チャンス到来だって、言いたいの。あんただって副支配人になれるかもしれないのよ、マリサ」

マリサは考えてもいなかったことを言われて、何も返答できなかった。ステファニーが閉めたロッカーのドアを開けて、私服を中に入れた。

「まだ、わからないの？」ステファニーが話を続ける。「このホテルをあなたより巧く動かせる人はいない。頭がいいし、勤勉。従業員はみんな、あなたが好きだし、ゲストもあなたに好感を持っている。あなたなら完璧な副支配人候補よ」

「待ってよ、ステフ、馬鹿なこと言わないで。メイドを支配人に雇うわけがないじゃない。考えるだけ無駄ね」

「副支配人よ。挑戦してみればいいじゃない。新しい時代なんだから」

「誰の言葉？」

「わたしの言葉。何だって可能な時代よ。たとえば、この、わたし。昨夜から、ありとあらゆる体中の毒素を浄化しているの」

「禁煙したの？　断酒は絶対に不可能でしょ？」

「外れ。ボビーと別れたの」ステファニーは平然と言った。

マリサは自分のロッカーのドアを閉めると、壁一面に鏡が並ぶ控え室に進んだ。メイドの身だしなみを厳しくチェックする以上、ベレスフォードではメイドの控え室にも惜しみなく鏡を設けてある。

マリサは制服姿を鏡に映して点検する。「それは、前にも聞いたわ」

「冗談だと思っているの？」

「理由を聞きたい？」

「皮肉らないで」

「今日は金曜日でしょ？」

「だから？」

「つまり、あなたは毎月第二木曜日にボビーと別れている。いつものことじゃない」

「今度ばかりは違うわ、イジワルね」

「でも、週末には彼とよりを戻すんでしょ」

「外れ。今夜はバーバラと二人で飲みに行くの」

「もういい加減にしなさいよ。恥ずかしくないの、ステフ？　というより、悲しいわ。昨日、あいつと別れたかと思えば、次の日には元の鞘に戻っている。ずっと、それの繰り返しじゃない。もう、一一年になる？　一二年かな？」

二人はメイクアップをしながら、鏡に映った互いの顔をしばし見つめ合った。

「来月で一三年」ステファニーの声には諦めと悲しみが込もっている。「もう限界よ。今度こそはっきりさせる。『ボビー、一一月にはわたしたちの関係も、実を結んでもいい頃だと思わない？』と切り出したの」

「その調子よ」

「ところが、あいつは『そうか、それで？』と来たわ。全然わかってない振りをするの。そう来るなら、『一三年も、あんたはただでミルクを飲んできたんだから、そろそろ牛を買う潮時よ』って言ってやった」

「嫌だ、ステフ、自分を牛にたとえるなんて本気？」

「だって、言いたいことがはっきりすると思ったから」

「あいつはなんて言ったの？」

「冗談だと思って大笑いしただけ。まったく情けなくなる。間抜けな大笑い。でも、正直なところ、鈍いあいつも今頃びっくりしていると思う」

「どうかな。まあ、あいつが鈍いことに異論はないけど」

ステファニーはため息を漏らして首を振る。「どうしていいか、わからないのよ、マリサ。ふと、何かが閃いてハッとすることがある。こんな男、何の役に立つ、いったいどんな価値がある？　そう思ったから、あいつに背を向けて、ゆっくりと歩き出した。『バーイ』と告げるわたしの後ろ姿を忘れられないように」彼女は両腕を後ろに回し、振り向いて肩越しにマリサを見つめると、カスタネットをたたくように指を鳴らして見せた。

「嘘でしょ！　ほんとに別れたの？」

「そうよ、すっきりしたわ。だから、この立派なヒップを振って、ニックスに行くの。ニックスを知っているわね」

「ええ。消防士が非番のときに集まるバーでしょ？」

「大人のお菓子屋みたいなところよ。わかるでしょ、どういう店か」

「別れたのが本当ならいいことよ。もしもでたらめなら、承知しないわよ」

「神に誓ってもいい。嘘なら、わたしこそ死にたい。ニックスに行き、席について、ジャック・ダニエルとジンジャエールを注文したら、隣に座る口髭のハンサムに声をかける。『ニューヨーク一勇敢な人。あたし、腐れ縁の男と手を切るのに一三年かかったの。付き合う勇気ある？』」ステファニーは気取ってポーズを取った。

「やるわね、最高！」マリサは叫ぶと、右手を高く上げてステファニーと手のひらを打ち合わせ、ハイファイブをした。「その意気よ、ステフ。素敵じゃない」

朝礼

目立たずに仕える、をモットーとするベレスフォードの長い一日が、始まろうとしていた。

マリサ、バーバラ、ステファニー、クラリス、そして、ほかの三〇人のメイドは、バトラー、ベルマン、ドアマンとともに、従業員の朝礼に出席した。朝礼をまとめるのはホテル支配人のジョン・ベクストラムだ。従業員が集まる様子を見れば、眼識のある人にはホテルの職域内階級《カースト》がはっきりわかった。メイドはメイド同士で固まり、バトラーも、ベルマンも、ドアマンも仲間内でまとまり、職域を越えて混じり合うことはない。クラリスが以前、友だちを面白がらせようと説明したことがある。「いわば、南部のプランテーションみたいなものね。屋敷内で働く奴隷がいたでしょ。バトラーはあれね。ライオネルなんかはぴったりはまる。畑で働く奴隷もいて、それがわたしたち。本物の労働者よ」

バトラー主任のライオネル・ブロッホは五〇代。頭はすっかり禿げて、いかめしい顔立ちながら、物腰は優雅だった。彼は朝礼に来ると、集まった従業員にうなずいた。ダークブルーのピンストライプ・スーツの着こなしは非の打ちどころがなく、白いシャツと絹の青いネクタイを合わせていた。ベレスフォードのバトラー主任は厳密に言えば管理職ではないが、限りなく管理職に近かった。

ポーラ・バーンズがクリップボードを手にして、部屋中に聞こえるように声を大きくする。

「おはよう、みなさん」よく訓練された笑みを一瞬浮かべるが、それはすぐに消えて、堅苦しい声で続ける。「静かにして、みなさん。今日は最初に、ベクストラム支配人から発表があります」

ジョン・ベクストラムは三〇代半ばながら、もっと年配だと人に思わせる重々しい雰囲気がある。物腰は洗練され、きびきびし、かすかに陰険でもある。整った顔立ちながら、狡猾な目と唇の薄い小さい口のおかげでハンサムには見えない。彼は自分を神と混同している、とクラリスは言い、一度、酒を飲みながら、マリサとステファニーにこっそり話した。「実は、彼の秘密を知っているんだ。ジョンは上流ぶって、わたしたちを見下すような横柄な態度をしがちでしょ。プリンストン大学かどこかの一流大学出みたいに。ところがね、人事課のマリー・トムリンの話だと、彼は大学にさえ行っていないそうよ。全部、でっち上げなんだって」

ベクストラムは一瞬目の前の従業員を探るように見てから、無表情になる。「もう、みなさんも知っていると思うが、クリスチーナ・ハワードが当ホテルを辞めます。彼女の退職により空いたポストは現職の人に引き継いでいただきたい」彼は軽く咳をしてから続ける。「それがベレスフォードの流儀だ」

ステファニーがマリサに身を寄せる。「言ったでしょ……」

ベクストラムはバトラー、ベルマン、ドアマンの集団に目を向ける。「きみたちの一人、ジョー、ロブ、トム、誰でもいいが、管理職を考えてみないかね。これは素晴らしい機会だ」

マリサはステファニーを見ると、うっすら笑ってささやく。「言ったでしょ。ベクストラムがどっちを向いているか、よく見て。あなたがさっき言ったことは忘れたほうがいいわ」

ベクストラムは重々しい口調で続ける。「自己啓発は尊く必ず報われるものだ。願書は壁際のテーブルに置いてある」

いきなり、ステファニーが手を上げ、派手に振り、ポーラ・バーンズの注意を引こうとした。

「ちょっと、いいですか——ミズ・バーンズ？」

「何ですか、ステファニー？」バーンズの声は刺々しかった。

「メイドも応募できますか」

クラリスが小声で言う。「彼女、気は確か？」

「わたしに訊かないで」マリサは呆れていた。

ポーラ・バーンズはベクストラムを見ると軽く肩をすくめた。まるで、これを処理するのはあなた、そのために給料を貰っているんじゃないと言いたげだ。

彼はステファニーを見つめて、顎をなでた。「応募は……まあ」自分を納得させるようにうなずく。「いい質問だ、ミス・ケーホー。もちろん、資格としては、勤続三年以上の従業員なら、男女……を問わずに誰でも応募できる。だから、メイドも歓迎する。どんなことも可能だ。その権利はある。これで答えになっているかな？」何とか作り笑いで返答した。

従業員のあいだでは、ささやき声があちらこちらで起きた。

「ありがとうございます」ステファニーは朗らかに返事をしてから、マリサを見てそっとつつく。「彼の言葉、聞いたでしょ。どんなことも可能だって。だから、言ったじゃない」

「シッ、静かに。みんなに聞こえる」

ポーラ・バーンズが手をたたき、みんなを静かにさせる。「ささやかながらミス・ハワードの送別会を予定しています。日時は明後日の五時から七時。勤務交替に合わせて、カフェテリアで行います」

バーバラがささやく。「でなければ、ル・サルクだったのかしら？」

ステファニーは口を手でおおい笑いをこらえる。「それがベレスフォードの流儀」とジョン・ベクストラムの口調を真似てみせた。

「では――業務連絡に入ります」ポーラ・バーンズは近視のように目を細め、クリップボードを点検する。「ラドクリフ氏が本日チェックアウトします。グリーンワルド氏がチェックインされますが、ふたたび禁酒中なので、ミニバーからアルコール類を一切片付けておくこと」

バーンズは確認するように一同を見回してから続ける。

「カンガＣＦＯのフキモロ氏が午前中にチェックインします。エヴィアンを余分に用意し、カーペットを入念に掃除してから、来客用にスリッパを多めに置いておくこと……それから、お客様と視線を合わせないように心がけてください、レディース。過去に苦情が来ています」

「ステファニー、マリサ」バーンズは目で二人を確認する。「朝礼が終わりしだい、マジソン・スイートに行ってください。ラシター氏のお連れは昼までに出ていただきます。ラシター夫人とお子様がシカゴから到着しますので。到着予定時刻《ETA》は午後二時三〇分」ポーラ・バーンズの険しい表情がかすかに緩む。「鉢合わせにならないように」

「おやおや。古きよきベレスフォードはお楽しみがいっぱいだわ」クラリスが小声で言った。

バーンズは目を細めてメモを見る。「さらに、本日、二名のVIPがチェックインします。サザビーズの重役キャロライン・レインはパーク・スイート。彼女はフォーシーズンズ・ホテルからこちらに移ってきます。注文の多いお客様のようです。好みはプラテシのベッドリネンと蘭の花、サン・ペリグリーノのミネラルウォーター。好きな香りはラベンダーです。

もう一人、ヨーク・スイートには、オルバニー出身のニューヨーク州議会議員クリストファー・マーシャル。スイートは会議室としても利用されるので、四時間ごとに、リカー・バー、コーヒー・バーを点検すること」バーンズは一呼吸置き、深く息を吸い込むと、もう一度クリップボードを確かめる。「マーシャル議員はアンカースチームのビール、ハウストンのネリーズ製アーモンド入りツナがお好みです。政治家ですから、ニューヨークとワシントンのあらゆる新聞、加えてウォール・ストリート・ジャーナル紙を揃えることを、忘れてはなりません。マーシャル議員は大型犬をお連れになりますので、適切な用具を運ぶこと」

ポーラ・バーンズはクリップボードを閉じて、軍隊式に脇に下げた。「以上です。目立たずに仕えること。では、仕事にかかってください」

備品が豊富に用意されている貯蔵室で、メイドはすばやくその日に必要なものを揃える。手際よく、ほとんど無駄な動きをせず、各自のワゴンにベッドリネン、タオル類、銀器、コーヒー、ナプキン、コップ、そして、ニューヨーク・タイムズ紙、USAトゥデイ紙、ウォール・ストリート・ジャーナル紙を詰める。

マリサとステファニーはアメニティや備品を満載したワゴンを押して、業務用エレベーターで二二階まで上り、扉に金色の飾り文字でマジソン・スイートと記された部屋の前に来た。二人はパスキーを挿入して静かに中に入ったとたんに、ため息を漏らした。ラシター氏の愛人はみごとに部屋を散らかしていた――ランプは引っくり返り、床はどこもかしこも朝食で汚れ、服があちこちに脱ぎ捨てられ、二つの灰皿は吸い殻とまだ煙が立つ煙草で溢れそうだ。不機嫌な顔をした優雅な着こなしの若い女が、馬鹿にしないでと言いたげに、涙で潤んだ目でマリサとステファニーを睨んだ。彼女はフラフラとソファから立ち上がり、クリスタル製ランプを壁に投げつけたが、もう少しずれていたら窓ガラスに当たるところだった。それでも顔色を変えずに、大股で浴室に入ると大きな音を立ててドアを閉めた。

「ヒュー」マリサは目を丸くした。

「恋人たちの夜はさぞや激しかったのね」とステファニー。「見てよ、この有様。ミスター・

エルに請求しなくちゃ」

「これなら、当然ね。早く片付けよう。さあ、ショーの始まりよ」

マリサは持ってきたカセットデッキの電源を入れ、CDのスタートボタンを押した。流れてくるのは勢いのあるR&Bのビート。マリサとステファニーはリズムに合わせて掃除をし、サビが流れると二人一緒に踊ることもあれば、別々にソロで踊ったりもした。軽快なステップを踏みながら汚れたカーペットをきれいに洗い、食べ残しの皿を片付け、歌に合わせてハミングしながら散らばった服を選り分ける。二時間もすると、マジソン・スイートから前の客の痕跡はすっかりなくなった。

アダムズ・スイートもかなり汚れていたので、マリサの仕事は昼までに終わらず、午後に入ったが、パーク・スイートは前の二部屋とは違い、チェックアウトする宿泊客はほとんど汚していなかった。彼女一人で、一時間もしないうちに、次の宿泊客サザビーズ重役キャロライン・レインを迎える準備を整えた。仕上げをしながら、「注文の多い客?　泊まり客はみんな、注文が多い」とマリサは肩をすくめた。

コーヒーテーブルに並べた豪華な雑誌をパラパラめくってぼんやりする。

こういう部屋に泊まるお金持ちは、誰も同じだわ。この人たちに満足という言葉はない。これで十分ということがないし、どんなに気を配って快適にしても、快適になればなるほど注文は多くなり、彼らの基準がどんどん高くなる。この人たちの要求は尽きることはない。きりがないわ。わたしもお金持ちだったら、こんなふうになるのかしら？

マリサはライティング・デスクに蘭の花を飾り、教えられたとおりに正確に置いた——デスクの真ん中ではなく、微妙に片側に寄っている。彼女がベレスフォードで仕事を始めたときに、「上品に」とポーラ・バーンズから教わっていた。どんなことでもマリサに二度教える必要はない。彼女は注意深く聞き取り、教えられたことは忘れない。

パーク・スイートの掃除を終えて出る前に、テーブルに「ミズ・キャロライン・レイン」と記した封筒を置き、長枕にラベンダーの生花を添えた。最後にもう一度部屋を見回し、これでいいわと言うようにうなずいたところに、ポーラ・バーンズがいきなり入ってきた。バーンズはベッドに進み、ラベンダーの小枝を手に取った。

「あら、素敵。とても芸術的よ、マリサ」バーンズは大げさに褒めた。

「ありがとうございます」

「業務成績の上位に挙げておきます。あなたはつねに学んで、向上している。いい心がけだわ。この気持ちを忘れずに」

「嬉しいです」

「ライオネルに、仕上げの承認をしてもらいなさい」

「わかりました」

ライオネルは片時も手離さない承認の印をつける小さな手帳を手に、ヨーク・スイートでステファニーとバーバラの仕事を点検していた。冷蔵庫のストックを再度確かめていると、ベルマンがネリーズのマークが入った袋をいくつか運び入れた。ライオネルがテーブルに置かれた新聞の位置を神経質に直していると、別のベルマンが大型犬用の寝床を持って入ってきて、浴室に置こうとした。

「いや、そこじゃない、デイモン」ライオネルが声をかける。「飼い主は犬を自分のベッドのそばで寝かしたがる。寝床はベッドの横に置いてくれ」

マリサがヨーク・スイートに入っていくと、ライオネルは何か呟きながら、浴室に常備された男性用化粧品を確かめていた。「ライム？　ポーラはライムと言ったな、いや、ベーラムだったかな」彼は自分自身に苛立ちながら首を振った。ポーラ・バーンズの指示をきちんと覚えていられなかった。このところ、彼は細かなことを随分忘れがちだった。だから、念のために、何事も書き留めておくようにしていた。

マリサが開いた浴室のドアに立って見ていると、ライオネルの両手が震えて、メンズ用コロンの瓶が手から滑り、大理石の床に落ちて砕けた。本能的に瓶をつかもうと手を伸ばし、彼はガラスの破片で指を切った。もう一方の手で血が流れる手を包み、「しまった！」と口走った。

ライオネルは振り向いて、浴室の入口にいるマリサに気づくと、即座に視線を逸らした。口元は緊張で歪んでいる。マリサは見てはいけないものを見てしまったと気付いたが、何とか平静を保った。

「パーク・スイートの承認をいただきたいんです」事務的に言った。

ライオネルが返事をしようとすると、ポケベルが鳴った。切っていないほうの手でポケベルを見て、伝言を読んだ。

「大変だ、彼がもうチェックインしている。予定より早い」

マリサは思い切って一歩近付く。「手を出してください、手当てします」

「いやいい、ミズ・ベンチュラ。わたしは大丈夫だ。構わない」

「ひどく切っています」マリサはハンドタオルを濡らし、彼の手に丁寧に、しっかりと巻きつける。「ここは、わたしが片付けます」浴室の棚からアスピリン瓶を取ると二錠出して、水を入れたコップと一緒に手渡す。「これを飲んでおいたほうがいいです」

「ありがとう」

アスピリンを飲み込むと、ライオネルは身を屈めて、ガラスの破片を拾おうとした。

「わたしがやります。できるだけ早く片付けて処理しますから、先に手当てしてください」

ライオネルは一瞬決めかねる表情を浮かべる。「マーシャル議員が部屋に入ってきたら、すぐにわたしが代わる」

この人は何があっても仕事第一だ、とマリサは思った。彼女はそんなライオネルが好きだった。一生を人に仕えることに捧げてきた典型的な頑固バトラーだ。彼のような人はいまや絶滅しつつある。

ヨーク・スイートの扉が開く音が聞こえると、二人とも緊張した。二人の耳に最初に入ってきたのは、低い音で吠える犬の声だった。

スイート・ルーム

ヨーク・スイートでライオネルが指を切った頃、クリストファー・マーシャルがベレスフォード・ホテルの前に停車した黒いリンカーン・タウンカーから軽やかに降り、そのあとに、ジェリー・シーガルと女性助手が続いた。マーシャルとシーガルが入り口へと足を早める一方で、ベルマンが荷物を運ぼうと集まった。歩きながら、シーガルがその日の予定を伝えているが、マーシャルは途切れなく話すシーガルにも、そばに来て有名人を羨望の目で見る人たちにも構わず、愛犬ルーファスを探して周囲を見回した。タウンカーに続いて車寄せに停まったバンから犬が飛び出してくると、手綱を持つ助手が慌てて手綱をしっかりつかんだ。

一行がヨーク・スイートに入ってくると、ライオネルが深々と礼をして出迎えた。両手を背中に回して隠し、怪我をした手には止血帯のようにハンドタオルがきつく巻かれている。シーガルは彼のすぐそばを通りながらも、彼の存在に目を留めず、声を出して新聞を読んだ。クリス・マーシャルと助手が精力的な首席補佐シーガルに続き、荷物を積んだカートをベルマンが運び入れた。

シーガルがさらに新聞を読むあいだに、マーシャルはルーファスの手綱と首輪を外した。

「曰く……大衆の心情をくすぐる人気者クリス・マーシャル……それから、えーと……故上院議員グラント・マーシャルの息子……フンフン、来年の上院議員選では父親の議席を継ぐために出馬への期待が高まる……以上だ」シーガルはマーシャルを見上げてニヤリとする。「手応えはまずまずだな」

マーシャルが彼から新聞を取り上げる。「ちょっと見せてくれ」

「まだ、読み終わっていない」

「そうだろうな、ジェリー。未読部分が随分ある。ニュースの編集に手間がかかり過ぎたようだ」今度はマーシャルが声を出して読む。「大衆の心情をくすぐる人気者、プレイボーイの政治屋州議会議員クリス・マーシャル……」新聞から顔を上げると、不機嫌な表情になった。

「見落としがあったんじゃないか、ジェリー?」

「気にしなくていいさ。プレイボーイ呼ばわりは褒め言葉だ。プレイボーイでも、ＪＦＫにも、クリントンにもダメージはなかった」

「待ってくれ、ジェリー、クリントンは告発された男だ」

「だから？　彼の人気は最後まで落ちなかった」

マーシャルは呆れ顔で新聞に目を戻す。「……クリス・マーシャルは先月、スーパーモデルのダニエラ・フォン・グラースと婚約を解消したばかりで、同伴者はいなかった……」新聞を床に投げて、シーガルの顔の前で人さし指を振る。「まずまずの手応え？　これがまずまずだって言うのか？」

シーガルは肩をすくめる。「つまり、きみは有名人だから、すべてはニュースなんだ。きみがくしゃみをしたってニュースになる。まあ、慣れることだ」

「第一、ぼくらは婚約なんかしていなかった！」マーシャルにしては珍しく、苛ついた声を上げる。「いったい、きみはどっちの味方なんだ、ジェリー？」

「もちろん、きみの味方だ。だから、きみにはおれが必要だと口をすっぱくして言っているだろ。もっと強気で行くんだ。きみは政治家にしては紳士過ぎるんだよ、クリス。きみと民主党のビル・ブラドリーは最後に残った絶滅種だ」

「紳士過ぎるか。そんなことはない」マーシャルは悲しげに言った。

シーガルに背を向けると、マーシャルは床に両手と両膝を突き、ルーファスとじゃれた。ルーファスは尾を振って喜び、上機嫌で涎《よだれ》を垂らしていた。

「クリス」シーガルがマーシャルを見下ろし嫌味っぽく言う。「お楽しみを邪魔して悪いが、こっちを向いてくれ」

「嫌だ。見ればわかるだろ、手が離せないんだ」マーシャルに頭や喉をなでられて、ルーファスが気持ちよさそうにキューンと鳴いている。

「月曜の夜のマドックスの件を相談したい。おれは譲らないぞ」

マーシャルはルーファスの耳の後ろをなでながら首を振る。「問題外だ、ジェリー。マドックスのパーティには行かない」

マーシャルが立ち上がり、浴室に進んだ。

「お父上がここにいれば、おれの味方をするはずだ」

「冗談だろ？　父はあの男など利用しなかった」

「それは違う」シーガルはマーシャルの後ろに続き、彼の背中に向かって話す。「お父上は奴の使い方を心得ていた」

マーシャルは浴室に入る直前に、半ば振り向いて、怪訝そうにシーガルを見る。「どこに行くつもりなんだ、ジェリー？」

「きみの行くところなら、どこへでも」

「ぼくは浴室に行くんだ。一人にしてくれ」浴室に入り、ドアを閉めたとたんに、シーガルの声が聞こえる。「何か用があれば、呼んでくれ」

「何だって?」マーシャルはドアを開け、眉を吊り上げて、シーガルを見た。

「冗談だよ。ちょっと軽率だったな。乗り過ぎた」

マーシャルは首を振り、改めて浴室に入るとドアを閉めた。

シーガルはクルリと向きを変え、ライオネルとベルマンをジロリと睨む。「盗み聞きをするな。何も聞かなかった、いいな?」

「やめろよ、ジェリー」マーシャルがドア越しに怒鳴る。「気を回し過ぎだ」

浴室で、マーシャルは便器の前に立ち、ズボンのチャックを下ろした。

その瞬間、マリサは大きく咳をした。床に四つん這いになり、大理石の床に散ったガラスの破片をまだ探していたが、彼を見ないように、バスタブのほうを向いた。

「おや、失礼」マーシャルはこっそりとチャックを上げる。「誰かがいるとは気づかなかった」

マリサは背を向けたまま立ち上がった。「申し訳ありません。床のガラスを片付けていましたので。もう終わりました」

マリサは頭を下げ、マーシャルと視線を合わせずに、足早に浴室を出ると、階下の貯蔵室に行った。ライオネルが指からガラスの破片を取り除こうとしているが、手が震えて巧く破片がつかめないようだった。

「わたしが手当てします」

ライオネルはチラリとマリサを見ると、笑みらしき表情を浮かべる。「今日は、わたしを助ける以外の仕事はないのかね」

マリサは医薬品の棚から応急処置用品を取り出した。消毒クリームのチューブを絞り出し、マッチに火をつけ、針を焼いてから、ライオネルの指から手早くガラスの破片を取り除いた。傷口に消毒クリームを塗り、絆創膏を貼った。

「とても手際がいい、ミズ・ベンチュラ」

「一〇歳の息子がいますから、慣れています」

ライオネルはため息を漏らし、顔を逸らす。「わたしは不器用で、みっともないな」

「そんな、よくあることですよ」

「ありがとう、助かった」ライオネルはそう言いながら、肩でドアを押し開ける。「すぐに遅れを取り戻さないとならない。仕上げの点検が遅れている」

マリサは壁のコートラックに吊してある衣裳袋《ガーメント・バッグ》に気付いた。ドルチェ&ガッバーナのロゴが印刷されている。

「これはどの部屋に持っていくのですか」

「キャロライン・レイン」ライオネルが答えた。「パーク・スイートだ。チェックインすると、すぐに荷物を解いて、アイロンをかけるように依頼された。わたしが持っていったほうがいいだろう。彼女は、まあ、かなり神経質な方のようだから」

「名門のお上品な方なんですね」マリサの声は皮肉っぽく響いた。

ライオネルはかすかに笑みを浮かべて、うなずいた。

「わたし、パーク・スイートまで行きますから、彼女に届けます」マリサはラックから袋を外した。

二二階で、マリサはパーク・スイートのドアの前に立ち、まず深呼吸をしてから、静かにノックをする。「ハウスキーピングです」

応答がないので、パスキーを使って中に入った。コーヒーテーブルで立ち止まると、リモコンを操作して音楽をかけ、音量は聞こえるか聞こえない程度にして、寝室に入っていった。衣裳袋をクローゼットに吊したときに、入り口のドアが開く音が聞こえた。振り返ると、ベルマンがT・アンソニーのバッグを六つ積み上げたカートを押して入ってきた。そのあとに、携帯電話で陽気に話しながら現れたのは、すらりとした金髪女《ブロンド》だった。三〇歳そこそこくらいで、一目で高級品とわかる服をお洒落に着こなしている。マリサはすぐに彼女が理解できた。こういうタイプの女性をたくさん見てきた。ベレスフォードは彼女のような女のために創られたホテルと言ってもいいくらいだ。彼女たちは良家に生まれ育ち、立派な肩書きや称号を持ち、傲慢だ。キャロライン・レインがたびたびゴシップ欄を賑わせていることは、タブロイド新聞をほとんど読まないマリサでも知っていた。キャロラインはニューヨーク・ポスト紙の六面の格好の餌食だ。一度など、匿名の知り合いが「キャロラインは彼女を批判する人が言うほど、浅はかではないし思い違いもしていないが、彼女自身が思うほど魅惑的でも、うっとりするほどの美人でもない」と語っていた。

マリサはそうした面白いゴシップをステファニーから仕入れていた。彼女はタブロイド新聞の愛読者で、話す相手に応じて、誰が誰と交際し、誰がベティ・フォード・クリニックでアルコール依存症の治療中だとか、誰がハンプトンのウォーターフロントにある別荘を一〇〇〇万ドルの損をして売却したとかいった類のありとあらゆるゴシップを提供する。

「彼に何の関係があるの?」キャロラインは携帯電話で話を続けながら、扇型に並べられた雑誌の上にオブザーバー紙を投げた。「彼にはっきりさせたいのよ——間違いようのないほど明確に。わかっている、彼は頼るばかりで、自立していない。だけど、わたしが商用の旅に一緒に来てくれと頼むとでも思っているの? そんなこと、絶対にありえない……」

キャロラインは部屋の中を歩き回りながら、蘭の花が置かれていることにも気付かずにデスクにスカーフを放った。

「正直に言うとね、浮き沈みがあるの。ある日、婚約指輪がちらついたかと思うと、次の日にはけんか別れ。頭がおかしくなるわ。どんなことが起きてもおかしくない。わたしたち、今、ちょっと気まずいのよ、レイチ」

キャロラインは大げさに言うと、ベッドのラベンダーの小枝の上にコートを投げ、またしてもマリサの苦心を台なしにした。ベッドに腰掛け、蹴るように靴を脱ぐと、大の字に倒れ込んで、薄ら笑いを浮かべ、声をひそめて携帯電話に話しかける。「いい……よく聞いて。〝うっかりして〟助手に、今週の予定を彼にEメールさせちゃったの。もちろん、元カレとのランチ・デートやディナー・パーティを書き足しておいたわ。エリックはきっとムッとするはずよ。名案だと思うでしょ?」

電話の相手の言葉を聞きながら、クスクス笑う。「あの手の男にはCIAみたいに陰謀を巡らせなくちゃだめなの。いつだって、策を弄すわけ。あ、ちょっと待って」

キャロラインはベルマンに一瞥もくれずに、五ドル紙幣を渡し、もう一度雑誌を並べ直しているマリサに合図する。受話器を手でおおい、キャロラインは小声で「服は全部、アイロンをかけてちょうだい」と言い、カバンを目で示した。

「畏まりました、マム」

マリサがカバンを開けて、衣裳を持ち上げると、キャロラインは空いている手でアイロンをかける仕草をした。

マリサはうなずきながら心で呟いた。

まるで、わたしが英語を理解していないと言いたげだわ。きっと筏《いかだ》に乗り海を越えてきて、永住許可証《グリーンカード》を取ったばかりだと思っているのね。嫌な女《ビッチ》。

キャロラインは携帯で話を続ける。「つまり、こういうことよ。わかってきたんだけどね、レイチ。そう、やっと悟ったの。男って、競争相手の存在がはっきりしないかぎり、結婚話を持ち出さない。男って愚かだから、こっちで操ってやるの。忘れちゃだめなの。エリックは市場原理を熟知している。競争心を煽ってやったから、今はわたしの市場価値が上がったはずよ」彼女は相手の話を苛つきながら聞き、腕時計で時間を確かめた。「あら嫌だ、遅れちゃう。じゃあ、またあとで、レイチ」

キャロラインが携帯電話を切った時、マリサはアイロンをかける服をまとめて、部屋を出ていこうとしていた。

「ちょっと待ってくれない?」

キャロラインはだるそうにベッドから起き上がると、クローゼットに進み、ドルチェ&ガッバーナから届けられた三点セットのアンサンブルをすばやく点検した。ドレスを手に取ると、明かりにかざす。

「ウーン、ストッキングを合わせてみないとわからない。頼みたいことがあるんだけど」キャロラインはドレスを見たまま、マリサと目を合わそうとさえしない。何か思いついたように部屋を見回し、椅子の小さなクッションをつかむと図柄の木の葉に指を当てた。

彼女はマリサがいることなど眼中にないようだった――わたしが目に入らないんだわ、わたしたちはこういう人種、とくにこの類の女たちには物と同じなのね。目立たないように、とポーラ・バーンズに言われるまでもなく、この人たちは、ホテルの従業員など人間と見なしてはいない。

「マム？」マリサは控えめに声をかけた。

ようやくキャロライン・レインはマリサをちらりと見て、まるで施しでもするかのように笑みを浮かべる。「あなたの仕事ではないことはわかっているけれど、ほかに頼める人がいないし、予定がびっしり詰まっていて時間がないから……」

「何なりと」マリサはほほえみ返した。

「よかった、優しい人ね。お店まで行って、パンティ・ストッキングを三つ、買ってきてほしいんだけど。ひとつはこの木の葉と同じ色」キャロラインはマリサにクッションを差し出す。

「もうひとつはこの色より少し濃い目で、もうひとつは幾分明るい色。買ってきてもらえると助かるわ」

「あの、こういうことは通常、コンシェルジェがお世話しております」

キャロラインは苛立たしげに首を振る。「それじゃ、何がほしいか伝わらないのよ。お願い！　あなたなら茶色がかった灰色とキャメル色の違いを、きちんと区別できると思ったから、お願いしたいの」

マリサは彼女らしくもなく、顔を赤らめた。褒め言葉に誰だって悪い気はしない。

「お願いするわ」キャロラインは財布から紙幣を数枚抜き取り、マリサに振ってみせる。「これで間に合うはず。本当に、お礼を言うわ。とっても助かる」

マリサはクッションとアイロンをかける服を両手で抱えて廊下を進んだ。二人の老女の横を通り過ぎたが、高級な服を着たフランス人老女は、ワゴンからアメニティをせっせと盗んでいた。

「あらら、このクリームを見て」ぽっちゃりした老女がフランス語で言う。「わたしたちの部屋にこんな化粧品は置いてないわね」老女は瓶を開ける。「あら、とてもいい香り。つけてみなさいよ、モニーク」

「いいわよ」小柄な老女が返事をする。「わたしには高級過ぎるわ、アヌーク」

「じゃあ、これはどう？」

「どれどれ」

二人の老女は話をしながら、さまざまな化粧品をバッグに詰め込んだ。マリサに気づくと、すぐに手を止め、フランス語訛のきつい英語に切り替えた。

「素敵なお天気ね」アヌークはマリサを用心深く見た。

「雨は降るかしら？」とモニーク。

マリサは目を逸らして二人を通り越し、笑いをこらえたまま休憩室に急いだ。

「雨が降るかどうかなんて、わからないわ」マリサがドアの奥に消えると、アヌークはフランス語で続ける。「彼女、いなくなったわ。急いで」

二人は素早くワゴンに手を伸ばし、さらに化粧品をつかんだ。

マリサが休憩室に駆け込んだとき、ちょうど出てきたステファニーと、もう少しでぶつかるところだった。

「あら、マリサ、何を急いでいるの？」

「タイのスピーチは四時に始まるのよ。アーリーンが代わってくれるんだけど、遅れそうよ」

マリサは息を切らし、抱えていた服をステファニーに差し出す。「お願い、これにアイロンをかけてほしいの？　いい？」

「いいわよ。空いた時間にかけておく。まあ、暇な時間なんてないんだけど——」

マリサはステファニーの冗談を最後まで聞かずに休憩室から出ていた。一拍おいて、ドアを開けて顔を見せる。「ああ、言い忘れるところだった。図々しいフランスばあさんが二人、廊下で、あなたのワゴンを漁っているわよ」

「何ですって?」ステファニーが廊下を覗くと、フランス人老女がせっせとバッグに化粧品や何かを詰め込んでいるのが見えた。

「ただじゃおかないわ」ステファニーは声を上げ、マリサのほうを向いたが、彼女はすでにいなかった。

マリサはベレスフォード・ホテルからレキシントン通りを二ブロック下り、一番近くの婦人洋品店まで走った。店に入り販売員を探していると、人にジロジロ見られているのがわかった。メイドの制服のままだったから、何となく落ち着かなかった。マリサが隅に行くと、販売員は電話で話し込んでいた。声をかけようとしたが、販売員は見向きもしなかったので、マリサは肩をすくめて奥に入っていこうとした。

販売員はマリサに気付くと、電話の相手に言う。「ちょっと待って」それから、かなり鋭い調子でマリサを呼び止める。「ミス……ちょっと、どこに行くの?」

「奥にキャリーは……」

販売員はピシャリとさえぎる。「今日は、彼女はお休み。そこからどいて……そこに入らないで……いいわね」

販売員が電話の相手とふたたび話し始めると、マリサはしばらく待った。

「もしもし、ごめん。ああ、何でもない。構わないのよ、待たせたって。いいから、言いなさいよ。だめよ、そっちが先よ、だめ、あなたこそ」

販売員はクスクス笑い、マリサだけでなく、彼女の後ろに列ができていることも気にしていなかった。

「さあ、ルー。いつまでも内緒にしていないで……」

「ちょっと、いいかしら?」マリサは待っていられなくなった。

販売員は電話に向かって大笑いした。「嘘でしょ? 嫌だ! いい加減にしてよ!」

「ごめんなさい、急いでいるんだけど」とマリサ。

販売員はマリサを軽くあしらおうとした。キッと口を結び、まるで車でも止めるかのように、腕を伸ばすとマリサに手のひらを向けた。それから、彼女に背を向けると、ふたたび、電話の相手と話を続ける。「いいわよ、続けて。それで、どうなったの? ううん、彼がそんなこと信じられない。でっち上げでしょ。それ、本当?」販売員はまたしても高笑いをする。「ハハハ、面白い」

マリサはカウンターに身を乗り出す。「いいかしら――」

今度も販売員は彼女をさえぎる。「お待ちください」ぞんざいに言うと電話を続け、販売員はマリサに聞こえるようにわざと声を大きくした。「えっ、何？　ああ、ただのメイドよ。さあ、どうかしら。お客の使いじゃないの」

マリサはできるだけ販売員に近づき、耳元で言ってやった。「ちょっと、いい？」

販売員がビクッとすると、すぐ鼻先にマリサの顔があった。彼女は人差し指で販売員の名札をはじく。「リーゼット」マリサは販売員の名前を呼んだ。

「カウンターの中に入ってこないで。困ります――」

「いいわね」マリサは驚いている販売員から受話器を取った。

「何をするの？」

マリサは受話器をフックに置く。「人に奉仕する職業の仲間同士でしょ、リーゼット。わたし、ちょっと急いでいるの。随分待たされたんだから、そろそろ、ただのメイドに販売してくれてもいいんじゃない。だって、あなたはそのためにカウンターにいるんだから」

並んで待っていた婦人の一人が加勢する。「もっと言ってやりなさいよ、お嬢さん。まったくお話にならないよ」

マリサは手を振る。「わたしの後ろにできた列が見える、リーゼット？　ここにいる人は、みんな、サービスを待っている、あなたの仕事はわたしたちにサービスすることよ――それとも、あなたは偉過ぎて、わたしたちにサービスを提供することなんてできない?」マリサは後ろにいる婦人たちを見る。「ご婦人方、皆さんの意見は? わたし、間違っているかしら、どうですか?」

拍手と歓声で応える客に、販売員は震え上がる。「いらっしゃいませ、何をお探しですか」販売員はおとなしく言い、不承不承敬意を払った。

「ずっとよくなったわ」マリサはほほえんだ。緊張して疲れる一日の中で、ようやく一ラウンド勝ったような気分だった。

スピーチ

マリサの母親、ベロニカ・ベンチュラがベレスフォード・ホテルの従業員通用口でマリサを待っていた。ベロニカは五〇代初めだが、そんな年齢を感じさせないほど若々しい。流行に左右されない定番のグレイ・スーツに、飾り気のない黒のウォーキング・シューズを履いていた。母親はたった一人の子である娘を誇らしく思っていたが、母と娘の仲は必ずしも上手くいってはいなかった。ベロニカは娘のマリサがもはや子供ではないという現実を受け入れていない。いつまでも母親の保護と教えが必要だと疑わず、マリサが責任ある仕事を持ち、一〇歳の息子がいる立派な大人であることを忘れがちなのだ。彼女は孫のタイを、愛情と驚きが混じり合った複雑な気持ちで〝可愛い天才少年〟と呼んだものだ。一九五〇年代生まれの母と一九七〇年代生まれの娘は、時として、基本的な価値観の違いから衝突する。少なくとも、マリサは価値観の違いだと思っている。彼女が心身共に向上し、親の世代を越えるという希望を口にすると、そのたびに、母のベロニカは軽率だとか、危険な夢だとか言って彼女を非難するのだ。

ベロニカはマリサに幾度となく言っている。「もっと現実を見なさい。おまえはいい仕事があって幸せよ。生活費も稼げている。仕事を大切にしなさい、マリサ。こんな幸せは二度と巡ってこないわ」

それに対して、マリサはため息まじりに言ったものだ。「ママ、わたしはただのメイド。メイドは決して理想の仕事じゃないし、もっと勉強すれば、メイド以上の仕事ができるとも思っている」

母と娘はお互いを心から愛し、いたわり合っているが、こういう言い合いは今に始まったことではなく、いくら話しても二人の価値観の違いは解消されない。

ベロニカ・ベンチュラが通用口に着いてから数分すると、マリサが婦人洋品店の紙袋をもって走り込んできた。彼女は休憩時間でほかの職員と煙草を吹かして談笑をしているキーフに気づいた。

「ハイ、ママ。すぐに行くわ」マリサは母親に投げキスで挨拶する。「キーフ、お願いがあるんだけど、いいかな？　これをパーク・スイートの女王様に届けてほしいの。頼める？　助かるわ」

キーフはマリサから袋を受け取り、うなずく。「届けておこう。お安いご用だ」

「ありがとう。あなたは天の助け」マリサは自分のトートバッグをつかむ。「待たせてごめんなさい、ママ。着替える時間はないわ」

「着替えるといい。少しくらい遅れても大丈夫よ」

「だめよ、ママ。タイが心配する」マリサはきっぱりと言い、悪戯っぽく母親をつつく。「制服のままじゃ見苦しいかな？」

ベロニカはマリサの頭からつま先までさっと点検する。「悪くないね」

「悪くない？」

「素敵だよ。それにコートを羽織ればわからない」

「じゃあ、いいわ」マリサは母親と腕を組む。「行きましょう、お嬢さん」

「母親をお嬢さんなんて呼ぶもんじゃありません」

ミドルスクールの講堂には「大統領の功績：建国の父たち」と書かれた横断幕が飾られていた。舞台の袖に集まった子供たちはカーテンの隙間から講堂を覗き、聴衆の中に友人や家族を見つけては手を振った。タイはティアナと並んでいた。顔だけ見ると一〇歳の少年にしては大人びている。とくにスピーチを前にして緊張しているから、まるで世界の重みを細い両肩に背負っているかのように生真面目な表情をしていた。

カーテンの隙間から講堂を見て、ティアナが嬉しそうに跳びはねる。「パパがいる——弟とパット叔母さんも来ている」彼女はカーテンから少し顔を出し、手を振って呼びかける。「パパ、ここよ——パパ！」

ティアナが振り向いてタイを見ると、彼も聴衆の中に家族の姿を探していた。

「もう、来ている？」

ティアナの問いに、タイはゆっくりとうなずく。「ウン、今、入ってくるところだ——ママとパパとおばあちゃんが来た」タイはしっかりと手を振ったが実際には、彼が手を振る先には誰もいなかった。

その頃、マリサとベロニカはミッドタウンで、二ブロック離れた地下鉄の駅まで足早に歩いていた。マリサは腕時計を見ながら時間を確かめた。三時半。運がよければ、タイがスピーチをする時間までに学校に着けるはずだ。いきなり、バッグの中で携帯電話が鳴ると、マリサは立ち止まらずに、バッグから携帯を出して応答した。

「もしもし、マーカス？　よく聞こえない。今、どこにいるの？　あと三〇分しかないから、絶対に遅れないで。遅れたら、タイが緊張する。もしもし？　マーカス？　ちょっと、電話を切らないで……」マリサは携帯電話を耳から外し、顔をしかめ、もう一度耳に当てる。「地下鉄に乗るから、早く話し――今、何て？　冗談を言わないで！」

マリサがいきなり立ち止まると、肩からトートバッグが滑り落ちて、バッグの中身が歩道に散らかった。

「わたしが拾う」ベロニカは歩道に散らばる財布、櫛、ゴム留め、住所録、爪切り、小切手帳、願書、いくつものレシート、電話番号と何かを走り書きしたメモ、二枚のＣＤ――『ベスト・オブ・ムーディ・ブルース』『ニクソン盗聴テープ』――を拾い集めた。すべてをトートバッグに詰め込んだが、願書は入れなかった。

携帯電話でマーカスと話を続けながら、地下鉄の入り口へと階段を下りていくマリサはどんどん口調がきつくなっていった。たたきつけるようにメトロカードをスロットに通す。「ひどいじゃない、マーカス。あなたはタイを傷つけてばかりいるのよ、わかっているの？」

「今度こそ許しちゃだめよ」マリサの横に並んだベロニカは怒りで顔を歪めた。

「今度はあの子になんと言い訳をすればいいの？」マリサは携帯電話に怒りをぶつける。「もう言い訳はきかない。ごまかしはきかないわ」

「絶対に負けちゃだめよ、マリサ。強気で」

「黙って、ママ」マリサは首を振り、電話を見つめた。

地下鉄の車両がホームに到着すると、二人は黙ったまま乗り込んだ。

マリサは車内を気づかい、小声で電話を続ける。「あんまりだわ。この週末は二人でキャンプに行く予定だったでしょ。あの子は指おり数えて楽しみにしていたわ、その気持ちを考えてみて」彼女は首を振りながら、マーカスの話を聞いている。「だめよ、マーカス。わたしは許さない。あなたを信じている息子に自分でちゃんと言いなさい……切るわ」

マリサは腹立たしげに携帯電話を切り、バッグに押し込んだ。母と娘は並んで座ったが、どちらも口を開こうとしない。いつも口達者なベロニカが何も言わずにいるので、マリサのほうが落ち着かなくなった。

「何が言いたいの?」マリサはベロニカをちらりと見て、ついに口を開いた。

「何も言っていないよ」

何も言わなくても、ベロニカの顔は娘への気持ちを雄弁に語っていた。

「ママ、どうして、いつもそんなに偉そうな態度なの?」

「わたしが母親にそんな口をきいたら、ぶたれていたわよ」

「時代は変わったの、ママ。今は家族だって民主化している」

マリサは母親に八つ当たりしている自分が嫌になり、取りつくろうように髪やメイクを直し、イライラとつま先で床をたたいた。地下鉄の速度を異様に遅く感じた。

「今度の言い訳は何なの？」

「その話はしたくない」

マリサのきつい口調に、一瞬気まずい沈黙が流れ、ベロニカがおもむろに切り出す。「これは何なの？　あんたのバッグから落ちたのを拾っておいたわよ」ベロニカはマリサにベレスフォードの願書を手渡した。

「ああ、それ……ありがとう」マリサは受け取りながら、ベロニカを見る。「わざとバッグに戻さなかったんでしょ」

「管理職？　結構な話ね」その口ぶりは励ましというより皮肉に近かった。

マリサは願書を丁寧にたたむとトートバッグにしまった。母親が何を言い出すか十分に承知していた。「今は何も言わないで、ママ」

「先週の土曜日に、カルメン・スサの姪のルペに会った話をしたかしら？」ベロニカは噂話でもするように平然と話し出した。

「いいえ、聞いていない」マリサはため息をついた。

「ルペを覚えている？　小さいときに、彼女とよく遊んだわね」

「だから、何？」

「彼女、サンヨーで成功していたの。個室を与えられ、部屋には窓もあったのよ。彼女専用の秘書だっていた。でも、ある日、彼女は会社にもっと要求をしてもいいんじゃないかと思ったのね」ベロニカはわざと一呼吸おく。「それで、どうなったと思う?」

「ママ、蒸し返さないで、と言ったでしょ。今はそんな気分じゃないの。ルペは身のほどをわきまえずに高望みをしすぎた、とママは言いたいんでしょ」

「彼女は解雇されたよ、マリサ。会社は彼女を首にしたの。高望みした結果がそれだった。何が言いたいかわかるわね?」

「ママと言い争うつもりはないわ。それだけ」

「わたしが言いたいのはね、あんたが現状に不満なら、働きたい人はたくさんいるんだから、そういう人たちに仕事が回るだけだってこと。あんたが望む仕事――あんたが夢を見ている仕事――は、あんたより適した人が五万といる。ハニー、わたしを見て。わたしの言うことをちゃんと聞いて」

マリサはベロニカをまっすぐに見る。「こういう話には、もううんざり」

「いくら夢を持っても、一九歳で子供を産んで、駄目な男と結婚するのが落ちよ」

マリサはベロニカから顔を背け、まっすぐ前を向き、彼女の言葉から耳を塞ごうとした。だが、母の言うことは正しいかもしれないと不安で怯えている自分がいることにも気づいていた。

＊＊

講堂の壇上では、すでにスピーチが始まっている。「大統領の功績：建国の父たち」の横断幕の下で、ほぼ満席の聴衆は熱心にスピーチを聴いていた。自信に満ちたティアナが壇上でスピーチを締めくくるのを、タイは舞台の袖で聴いた。

ティアナは力強くスピーチする。「アブラハム・リンカーンの政策は大胆不敵でした。その政策はユニオン以外のほとんどの州で不興を買いました。リンカーンは戦いになることがわかっていても、彼は自分の信念を変えませんでした……」

彼女のスピーチに温かい拍手が起こり、演説力ではなく別の魅力でティアナを讃える少年たちは口笛を吹いた。タイは家族を探して心配そうに聴衆を覗き見ながら、彼女のスピーチに自然と拍手をしていた。

ちょうどその頃、マリサとベロニカは地下鉄の回転式改札《ターンスティル》を走り抜け、階段を駆け上がっていた。地上に出ると、学校まで一ブロックほどだ。マリサは腕時計を見る——四時四分前だ。予定では、タイは四時にスピーチを始めるはずだった。マリサはトートバッグをゴソゴソと探し始めた。

「ああ、どこにいっちゃたのかしら？　タイへのプレゼントを忘れてきたのかしら？」

「あるはずよ――CDだろ？　さっき見たけど」

「そう？」マリサはさらにバッグを掻き回し、ようやくCDを見つける。「あったわ、ああ、よかった」

「慌てているからだよ」

「言われなくてもわかっている」

「でも、どうしてあの子に『ニクソン盗聴テープ』を？　あんなもの、子供が喜ぶの？　何の役に立つの？　マリサ、ちゃんと舵取りをして、子供らしいプレゼントをあげたほうがいいんじゃない？『ハリー・ポッター』シリーズとか、野球のミットとか、いろいろあるでしょ」

ベロニカはマリサに遅れまいと早足で歩きながら、だんだん息が上がってきた。「もう少しゆっくり歩けない？」

「遅刻しそうなのよ。タイのスピーチには絶対間に合わなくちゃ」

「タイのことだけど、あの子はちょっと変わっているからね。これ以上、変わり者にさせたくないから――」

「ママ」マリサはいきなり振り向く。「タイは賢い子よ。耳にすること、読むもの、見るもの、あらゆることを吸収する。いい、スポンジのように何でも吸収するの。勉強意欲が旺盛。一〇歳で、八年生の勉強をしていて、それでもあの子には簡単過ぎる。タイは特別な子。だから、

『ニクソン盗聴テープ』でも、ママがおかしいと思うものでも、タイがほしいと言えば、買ってあげる。誰にも——ママにも、マーカスにも——あの子の悪口は言わせない。わたしが侮辱されたり、失望したり、不愉快だったりすると、あの子は敏感に感じ取る。頭がいいだけでなく、繊細な子よ。あの子には諦めさせたくない。あの子には自分に自信をもってほしいの。この気持ち、わかる、ママ？」

ベロニカは娘を凝視していたが口を開けたまま、一言も返せなかった。さっさと歩き出している娘に追いつこうと、足を早めた。


タイは壇に上ると同時に、母と祖母が講堂に入ってくるのが目に入った。二人はタイに手を振り、後列の席に座った。パパはどこにいるんだろう、タイは不安になった。不安を打ち消してスピーチに集中しようとしたが、だんだん気持ちが沈んできた。

「リチャード・ミルハウス・ニクソン」やや言葉に詰まりながらスピーチを始めたが、そこで止めた。マイクロフォンが高過ぎて、つま先立ちにならないとマイクに向かって話せなかった。副校長が慌てて出てきて、マイクロフォンの高さをタイの身長に合わせた。

タイはスピーチを最初からやり直す。「リチャード・ミルハウス・ニクソンは多くの矛盾を抱えた人間でした。米国史上唯一人、任期を満了せずに辞任した大統領として記憶されているにもかかわらず、彼の外交政策と中国政策は西側のドアを東側に開いた……」タイは眉をしかめて、演説メモを見る。「西側への……ドアを東側に開いた……西側と国交を開く……」タイは上半身を演壇に屈め、まるで聴衆に見られたくないかのようだった。

「クエイカー教徒として生まれ……」聴いていた少年がタイの口調を真似る。「クエイカー教徒として生まれ……」

クスクスと笑う声が大きくなった。

「彼は……えーと……爆撃の……ヴェトナムでの激しい北爆の責任者でありながら……」

タイは首を振り、演説メモをくしゃくしゃに丸めると演壇から駆け出した。

「そんな」

マリサは思わず立ち上がると、迷わず中央通路を進み、舞台裏に通じる脇扉を通り抜けた。舞台の裏で、丸めた演説メモを握ったタイが壁に寄りかかり、体を小刻みに震わせていた。だが、泣いてはいなかった。

マリサがしっかりと抱きしめても、タイは身を硬くしたままだった。

「みんながぼくを笑ったんだ。そしたら、頭が真っ白になって、スピーチをすっかり忘れてしまったんだ」

「ハニー、誰だってそういうことはあるわ」

「ずっと嫌な予感があったんだ。二度としたくない」

二人がしばらく黙っていると、ほかの生徒が自信に満ちた声でスピーチをするのが聞こえてきた。すでに変声期を過ぎた深みのある落ち着いた声だ。「フランクリン・デラノ・ルーズベルトは国家の経済問題にいくつもの解決策を打ち出した……」

「ボビー・ホフマンだ。九年生だよ。賢そうに話すけど、本当は馬鹿だ。卸売業の研究レポートをインターネットから盗用して、去年、停学になったんだ」タイはため息をつく。「でも、賢そうに見えるってことが重要だ。彼はいい印象を与え、ぼくはヘボだ」母親を見る。「もう絶対にスピーチはしたくない、いいね？」

「今はこれ以上、話すのはやめましょう。自転車から落ちたみたいなものなんだから。すぐにはみんなのところに戻りたくないのね」

「嫌だって言っているんだ」タイは声を大きくした。

「わかった、話はあとにしましょう」マリサはバッグから取り出したＣＤをタイに手渡す。

「さあ、これプレゼントよ」

タイはＣＤをちらりとしか見なかった。「ありがとう。パパはどこ？」

「ポキープシで建築現場の仕事があって……」

タイは虚ろな表情でうなずいた。

「支払いが通常の五割り増しで、パパは断れなかったみたい」

「週末はそっちにいるの？」

「ええ」

タイは感情を顔に出すまいとして、表情を硬くする。「そうか」

「でも、来週末にはキャンプに連れていってくれるわ」

「来週は三連休じゃないよ」

「いいじゃない。一日や二日、学校を休んだっていいわ。あなたなら、休んだって心配ない」

タイは笑ってマリサを安心させようとしたが、教師が二人に近づいてくると顔が強ばった。

「ミス・ローデン。ぼくの担任の先生だ」とささやいた。

ミス・ローデンはタイにうなずいて挨拶したが、彼はうつむいてスニーカーを見つめていた。

「ちょっとお話があるんですけれど、いいですか、ミズ・ベンチュラ？」

「ええ、いいです」マリサはタイの肩に触れる。「すぐに戻るからね、ハニー」

マリサは教師のあとについて、奥のテーブルに行った。

ミス・ローデンは座るとすぐに話し出す。「期待をかけ過ぎて、タイにストレスになっているのではないかと心配しています」

「ストレス？　学業面で期待をかけ過ぎてストレスになっているってことですか？」

教師がほほえむ。「その心配はありません。わたしがこれまでに教えてきた中でも、恐らく、息子さんほど頭のいい生徒はいないでしょう。ある意味では、頭がよすぎるくらいです。少年の肉体に大人の知能を持っています。そして、日々、子供たちに囲まれて暮らさなくてはなりません。彼が友だち付き合いの下手なことに、気付いていらっしゃいますか」

「はい」

「彼には辛いことです。頭脳明晰なために浮いています。どうしたらいいのか、わたしにはわかりません」

「わたしにもわかりません。お金で友だちは買えません」

「成長して、肉体も心も知性と釣り合ってくれば、友だち付き合いも上手くなると思います。今は頭のよさが目立っています。だんだん、体が強くなり、身長も伸び、もっと自分に自信がついてきます」ミス・ローデンはマリサの肩に軽く手を置く。「タイは誰よりも優れたお子さんです、ベンチュラさん。特別な才能に恵まれています。特別だから、目立ってしまうんです」

「わかっています。わたしには、どんな時でもあの子に愛情を注ぎ、守ってあげることくらいしかできません」マリサは涙が込み上げてきた。

「わたしたちにできるのはそれだけです」

マリサがタイのそばに戻ると、彼はヘッドフォンをかけて、ムーディー・ブルースのＣＤの「クエスチョン」に聴き入っていた。もう機嫌は直り、タイの心はすでに学校から遠く離れていた。

第二章　土曜日

ステファニーの遊び心

土曜日の朝、タイはなかなかベッドから出なかった。週末なんだから、寝坊をしてもいいはずだ、と心の中でブツブツと呟いた。とはいえ、宿題があり、書き上げなくてはいけないレポートがあり、マリサが買ってくれたCDを聴くつもりもあった。

「寝坊ができなくて、残念ね」マリサはタイの髪をくしゃくしゃにする。「週末をベレスフォードで過ごすの。気分転換になるんじゃない？　アブエラは今日も明日も用事があって来てもらえないから、一人で留守番をさせておけない」

「もう一人で留守番できるよ」

「さあ、起きて、ヤングマン」そう言いながら、マリサはまだ起きないタイを軽く抱きしめる。「さもないと、ベッドから引きずり出すわよ。シャワーは一〇分で浴びること。あなたの朝食を作って持っていくから、八時には出かける。いいわね？」

マリサはタイを連れてベレスフォードに着くと、ロビーにあるヴァレンチノで働く若い店員のそばを通った。彼女たちは歩道に面した入り口を開けたところだった。

「元気、ミッシェル？　フラニー？」

「おはよう、マリサ」二人は同時に挨拶をして、フラニーはタイの腕を軽くひねる。「ハイ、キューティ」

タイが返事をしなかったので、マリサは彼のヘッドフォンを外す。「タイ、フラニーはあなたに声をかけているのよ」

「えっ？　あ、ごめん。元気、フラニー？」タイはやや顔を赤くした。

マリサはミッシェルとフラニーを見て肩をすくめる。「そのうち、あの子の頭からヘッドフォンが生えてくるんじゃないかしら」

地下室に行くと、マリサは仕立て室を覗き込んで、タイを中に入れた。リリーはすでにミシンの前で仕事をしていた。

「リリー」マリサは歌うように抑揚をつけて声をかける。「おはよう、着いたわ」

リリーはミシンから顔を上げて、笑みを浮かべる。「今朝は、わたしと付き合ってくれるのね、タイ？　嬉しい。縫い物をして、針を刺して、布を切るばかりで、話し相手がいないと、ここはちょっと寂しいから。話し相手は大歓迎」

マリサはタイのバックパックを開ける。「一人で遊べるものをたくさん持ってきたから。そうでしょ、タイ？　パズルに本にＣＤ――たくさんある。仕事の邪魔をさせないようにする」

マリサは彼の上着をフックにかけた。

「タイは全然邪魔にならないわよ」

マリサは安堵の笑みを浮かべる。「ちょっと、タイ。顔に何かついているわ」

タイは迷惑そうな顔をして後ずさりする。「そういう気分じゃないんだ、ママ」

マリサはうなずく。「いいわ。タイはご機嫌斜めかな。リリー、用があれば、わたしは二階にいるから。タイ、ランチまでいい子にしていて」

タイはＣＤプレイヤーを手に取った。

「ヘイ……」

マリサの呼びかけに、タイは顔を上げた。

「大丈夫ね？」

「ウン。平気さ」

「週末が台なしでゴメンね」

「ママのせいじゃない」

「あなたのパパも残念だって」

「そんなことないさ」

「パパだって残念に思っているわ、タイ。あなたの思い違い。パパは夕べ、電話をしてきたの、本当よ。あなたはもう眠っていたから、起こさなかった。わたしに謝ったくらいなんだから」

「パパが電話をしてきたの?」

「そうよ。だから、パパを許してあげて、いいわね?」

タイはにっこり笑い、マリサが軽く抱きしめても嫌がらなかった。

「スピーチはしくじったけど、本当にいい原稿を書いたんだ」

「わかっている。最高のスピーチよ」

「じゃあね、ママ」

「あとでね」

リリーはミシンから目を離さずにいても、二人の話を聞き、思わず笑みを浮かべた。

貯蔵室では、メイドたちがそれぞれにお喋りしながら、ワゴンを満杯にしていた。マリサも仲間入りすると、ステファニーが声をかけてきた。

「憂鬱そうな顔をして、どうしたの? 親友が死んだみたいな顔をしている。もちろん、あなたの親友は目の前にいるわたしなんだから、そのはずはないけど」

「いつもと変わらないわよ」

「タイのスピーチはどうだった?」

「スピーチはなかったの」

マリサは彼女のワゴンに化粧品、トイレタリー、備品を詰め込みながら、昨日の出来事を話した。

「マーカスらしいわ。なんていい加減な男なの!」

「絶対、気晴らしが必要よ、マリサ」クラリスが話に加わった。

「そうよ。あなた、ピリピリしすぎよ。もっと肩の力を抜いて、人生を楽しみなさい。タイなら大丈夫。わたしが心配なのはあなたのほうよ」

「わたしは大丈夫」

「今度の金曜日の夜には、ニックスに誘うわ」

マリサはステファニー、クラリスに続いて、ワゴンを押してホールに出る。「興味ない」素っ気なく言うと、エレベーターのボタンを押した。

「人生には楽しみが必要よ」ステファニーは諦めない。「自然体で、背を伸ばして」

マリサは表情を変えずに彼女を見る。「『羽を伸ばせ』の間違いじゃない?」

「どっちだっていいわ。要は時には羽目を外せってこと」

「いつでも付き合うわよ、シスター」とクラリス。

マリサは目を丸くする。「二人とも子供がいないから、親の責任がわからないでしょ」

「そりゃそうだけど、人生は一度きりってことはわかっている。あなたは自分の人生を生きてさえいない。どうお、今度の金曜日にニックスに行かない？」

「行かない」

「食わず嫌い。行けば楽しいのに」

「そうかもしれない。でも、知らなくていいの」

「ランチはどうする？」

「リリーにタイを預けてあるの。ランチには迎えに行くから一緒にサンドイッチでも食べようって、タイに約束したの」

「もっといい考えがあるわ。船舶関係の男たちとお昼を食べようと思っていたの。ホットなランチになるんじゃない？」

「悪いけど、無理よ、ステフ。タイを一日中、リリーに預けておけない」

「それは言い訳でしょ。本当は人との出会いを避けているんじゃないの。あなた、どこかおかしいんじゃない？　誰かと出会ったって、その人と永遠に付き合うわけじゃない。子供じゃないんだから、単純に楽しんだって、何の罪にもならないくらいわかるわね？」

「ステフ、飛躍しすぎよ、聞かなかったことにする。それに、タイと約束したし、あの子は約束を守らない人を嫌う」

ステファニーはタイのことでようやく納得して、うなずく。「ウン、あなたの気持ちはわかる。あの子、可愛いし繊細だもの」

「そう、最高の息子」

二人がワゴンを押して廊下を進んでいくと、キャロライン・レインがパーク・スイートから出てきて、マリサの真ん前に立ち止まり、行く手を塞いだ。

「失礼、あなた、昨日、わたしの部屋を担当したメイドじゃない？」

「はい、マム」

「よかった。都合が悪くなければ、またお願いがあるんだけど、いいかしら。ランチの約束に遅れそうなの。そうでなければ、自分でするんだけど。昨日は本当に助かったわ」

「何でしょうか」

「ロビーのブティックに、クローゼットに吊してある服を戻してくれない？」

マリサは一瞬ためらったが、うなずいた。

「ありがとう、助かる、本当にありがとう。あなたは命の恩人よ」

キャロライン・レインはくるりと向きを変えると、スタスタとエレベーターに向かった。

「誰？」

「パーク・スイートの女王様。あのね、ステフ、あなたたち、かなり似ているわ」

「ほんと？　じゃあ、どうしてわたしは制服を着ているのかしら？」

「可愛いこと言って」二人はパーク・スイートの前で止まり、マリサはパスキーを取り出す。

「わたしが言いたかったのは、彼女は恋人とデートしているのに、相手とは——」

「しばらくセックスをしていない？」ステファニーがさえぎった。「それなら、わたしたち、双子ね。双子の妹がいたなんて覚えはないけど」

マリサは馬鹿ばかしいと言いたげに、首を振った。

「何よ？　セックスがお預けじゃ、彼女、ピリピリしているんじゃない？」

「まったく！　そういうことしか頭にないの、ステフ。あなたたちに共通するのは、恋人が結婚話を切り出してこないってこと」

「残念だけど、聞き慣れた話だわ」

「一緒に来る？」マリサはドアの鍵を開け、パーク・スイートの中に入った。

「お先にどうぞ、ついていくわ」

マリサがベッドメイキングから始めると、ステファニーはぶらつきながら、キャロラインの持ち物を品定めし、手に取って確かめては元に戻し、何かブツブツと言っていた。

「あなたの話だと、彼女は恋人の気持ちをはっきりさせようと駆け引きをしている。それが、わたしと女王様の違いよ」

マリサは取り替えたシーツの端をベッドにたくし込むと、ステファニーの様子を見る。「あなたは、どんな手を使っているの？」

「勤勉に仕事をするだけ」冗談よ、と言うように肩をすくめる。「仕事といえば、例の願書を提出した？ 管理職への応募の」

「まだロッカーにある。書き終えていないの」

「嘘でしょ。書き始めてもいないんじゃない？」

「想像に任せる」

ステファニーはキャロライン・レインのクローゼットを覗き、服をひとつひとつ調べてドルチェの衣裳袋も開けた。

マリサが驚いて止める。「だめよ、ステフ、何をしているの？ 開けないで」

「ドルチェよ。あら、素敵」ステファニーはマリサを無視した。

「もう、部屋から出てちょうだい。わたしを困らせないで」

「見るだけ。見るだけなら、平気よ」ステファニーはアンサンブルを取り出す――カシミアの白い七分丈上着、パンツにタートルネック・セーターだ。優しくなでるように触れ、肩の高さまで持ち上げ、キャットウォークを歩くモデルを真似て腰を振り、威張ったように歩く。「ハロー、レディース、ご紹介するのはドルチェ&ガッバーナの新作……」

マリサは彼女の背後に回り、慌てて衣裳袋を取り返そうとする。「やめて、ステファニー、調子に乗り過ぎ。心臓が止まりそうよ」

「この布地の手触りはバターみたいに滑らか。触ってみなさいよ、マリサ」

マリサはちらりと値札を見る。「信じられない。五〇〇〇ドルよ!」

「そうよ——白い上着だけでね。すぐに汚れちゃうから、実用性もないのに。どうやってきれいにしておくのかな?」

「汚れ落としにはスコッチ・ガードね」

「それにしても、一着五〇〇〇ドルよ! こんな服を買う女たちの気が知れない」

「それが彼女たちのライフスタイル。お金の価値観がわたしたちとは違うんだわ」

ステファニーは服をマリサに合わせ、やや上半身を反らし、目を細めて見た。

「何、しているの、気は確か?」マリサは驚いた。

「これ、六号よ。あなたのサイズも六号ね」

「だから?」

「それから、靴は九号だわ。よし」

「わたしは七半よ」

「それなら、八号だって大丈夫。だから、厚手のソックスを履けば、ぴったり合う」

「何を言いたいの。いい加減にして。さあ、服をクローゼットに戻すのよ」

「いいわよ。でも、その前に、あなたに着せてあげる。まるであなたに誂えたみたいにぴったりよ、マリサ」

「彼女の服よ、着られるわけがないでしょ。わからないの？」

「これは彼女の服じゃないわ。だって、ドルチェのブティックに返品するんでしょ。彼女は買わなかった。服は喋らないんだから、誰にも秘密はバレないわ」

「冗談でしょ、本気なの？」

「いいじゃない、マリサ。堅いことを言わないで」

「何をするの？」

ステファニーはマリサに服を差し出す。「マリサ・エバ・マリア・ベンチュラ、五〇〇〇ドルの服を着るなんて、一生に一度あるかないかよ。今がそのチャンス。グズグズしないで、パーク・スイートの女王様の気分を味わって」

タイはだんだん落ち着かなくなってきた。読んでいた本を置き、背伸びをすると、リリーの横を通って仕立て室を出ていった。リリーはミシン掛けに没頭して、タイが出ていくのに気づかずにいる。

タイの目に映るベレスフォードの世界は、彼の両親、マリサやマーカスが見るものと全然違っていた。彼らには宿泊客や利用者の特権が目に付いた。あらゆる点から、彼らのような労働者と贅沢なスイートに泊まる客を区別する社会的格差を感じた。だが、タイにとって、ベレスフォードは目新しいものばかりで、エキゾチックな不思議の国だった。見知らぬ顔、見知らぬ服、見知らぬ言葉が満ちていた。彼の見るベレスフォードには、暗黙のうちに決められた社会階級の上下はなかった。単純に、彼の住む世界とは全然違うから、何を見ても面白かった。彼は新種の蝶を研究する昆虫学者――タイの好きな言葉だ――に似た気分だった。ホテル内をぶらつき、目にしたもの、耳にしたことを吸収しながら、目立たずにいることで安心した。

タイはエレベーターに乗ると、つま先立ちで二二階を押した。その階を選んだのは、マリサが二二階で仕事をしているからではなく、ペントハウスのある階だからだった。屋上を除いて、二二階は最上階だ。ホテルを上り下りするエレベーターに乗っていると、タイは退屈することはなかった。ベレスフォードにマリサを訪ねるときには、彼は何時間もエレベーターに乗っていたものだ――人間観察には最適だから。到着する人、出発する人、着飾る人、体型を自慢するようにトレーニングウェアを着る人など、人種も年齢もさまざまな人たちが乗り降りするエレベーターの中で、タイは、未開地の探索者だった。

ヨーク・スイートでは、ジェリー・シーガルが落ち着きなく行ったり来たりして、クリストファー・マーシャルにその日の予定を確認していた。マーシャル議員は眠く、退屈そうだった。ルーファスが彼の脚にすり寄ってくると、ぼんやりとルーファスの顎の下をなでた。

「一時間したら、階下で女性の権利を向上させる会の昼食会が始まるので、そこに寄ったほうがいい」

マーシャルはシーガルを一瞥する。「ちょっとした途中下車かな?」とあくびをした。

「クリストファー殿下は、今朝はご機嫌がよろしいようですな」その声は皮肉っぽかった。

「どうして途中下車が必要なんだ、ジェル? きみがいるんだから、ほかに道連れはいらないだろ?」

「いちいち答えるのは、やめておこう」シーガルはメモをよく見る。「昼食会には長居はせず、愛嬌を振りまくだけでいい」

マーシャルはルーファスの耳の後ろを掻きながら、首席補佐シーガルから目を逸らさない。

「ひとつ、訊きたい。正直に答えてもらいたい、いいな?」

「いいぞ」

「ぼくはそんなに間抜けに見えるか」

「何を言い出すんだ……」シーガルは困惑する。「狡猾な質問だ。何を訊きたいんだ？　きみが間抜けなわけがない。いったい、何を言いたいんだ？」

マーシャルは立ち上がる。「おいで、ルーファス。行こう」

「クリス、待ってくれ。検討すべき事がたくさんある」

「ぼくはルーファスと用事がある」

マーシャルとルーファスが部屋を出ていくと、シーガルは追いかけた。マーシャルは手綱を持ち、長い脚でゆったりと歩幅を取って歩き、エレベーター・ホールに行くと、下りボタンを押した。

「ご婦人の昼食会が気に入らないのか？　何が不満なんだ？　票集めには絶好のチャンスだ、金はかからない。ちょっと顔を出すだけでいい」

「ヴィクター・デルガードを出し抜こうとするのが嫌だ——聞いた名前だろ？　上院の議席を競うぼくの対抗馬を、きみが忘れるわけはないな。確か、その男が同じ昼食会でスピーチをするはずだ」

「彼が来るのは一時半だ」シーガルは早口で言う。「まあ、聞いてくれ。偶然、そばを通りかかったから顔を出すまでだ」いきなり馬鹿笑いをする。「州議会議員マーシャルが先に唾を付けておくんだ」

マーシャルはゆっくりと首を振る。「汚い手は使いたくないよ、ジェリー」

「おれを信じてくれ。マーシャルの魅力をご婦人方に振りまけば、デルガードは面白みのない夫に見えてくるさ」

「きみこそ、聞いてくれ。ぼくの話をちゃんと聞いているか？ ときどき、まるで『トワイライト・ゾーン』に迷い込んだような気になる。ぼくが大声を張り上げているのに、誰も聞いていない」

「言いたいことはわかるよ、クリス。だが、きみの話を聞いてばかりいられないんだ。次から次へと障害にぶつかる。二度、三度と考え直し、問題に道徳的な反論をしても、何の足しにもならない。だが、きみはニューヨーク州上院議員になりたいんだろ？ それなら、対抗馬を出し抜かなくちゃならない」

「出し抜くのはいいだろう。だが、ジェル、ぼくの流儀でやる」

「ちょっと待った、相棒、ルールを決めたのはおれじゃない。ジョージ・ワシントン以来のルールだ。勘弁してくれ。きみのフェアプレイ精神が咎めるのはわかるが、おれはこの選挙に勝ちたい。汚い手を使っても勝ちたい。楽な選挙じゃない。いいか、昼食会に行くことと、月曜日のマドックスの慈善パーティに出席することを真面目に考えてくれ」

マーシャルはシーガルの肩を軽くたたく。「諦める気はないんだな？」

「だから、おれを雇ったんだろ。いいじゃないか、考え過ぎるなよ。どっちにもちゃんと顔を出してくれ――愛嬌を振りまき、握手攻めをして、引き上げる。せいぜい三〇分だ。あとは自由にできる」

エレベーターの扉が開くと、「『自由』を定義してくれ」とマーシャルが言った。

男二人と犬がエレベーターに乗り込むと、奥にいたタイは、すぐに長身、金髪色白、青い目のマーシャル議員に気づいた。同じひとつの出来事を、偶然と言う人もいれば、運命と言う人もいることが、タイには不思議だった。昨日、学校で見かけたマーシャル議員と、今日は同じエレベーターに乗り合わせた――これは偶然、それとも、運命？　タイは奥の壁にできるだけへばりつき、目立たないようにした。

「犬を散歩させる専門家がいるのを知っているだろ。金を払って、ウンチの始末をさせる。それには反対しないだろ？」

「ムキになるなよ、ジェリー。それじゃ、頭が禿げるぞ」

シーガルは反射的に頭に触れたが、残っている髪はわずかだった。「言ってくれるじゃないか。別に髪なんか気にしてないよ」そうは言いながらも、エレベーターの鏡張りの壁に映る姿をチラチラ見ていた。

タイがルーファスの頭をなでると、ルーファスは彼の脚に体をこすりつけてきた。

マーシャルがタイにほほえみかける。「何を聴いているの？」

タイはヘッドフォンを外した。「『ブレッド名曲集』」

「『ブレッド名曲集』？　ブレッドに名曲なんかあったかな？」

タイはほほえみで応える。「ぼくの知るかぎり人気統計には入らないけど、ブレッドは好きなバンドなんだ」

マーシャルは少年をじっと見る。「統計なんて、難しい言葉を知っているね。きみ、いくつ？」

「一〇歳」

「名前は？」

「タイ」

「はじめまして、タイ。クリスだ」

「おれはただのハゲオヤジ」シーガルが強引に口をはさむ。「注意を引こうとする路傍の石だ」

タイはびっくりしてシーガルを見てから、マーシャルに言う。「あなたたちのこと、知っているよ」

「そうかい？　言ってごらん」マーシャルが面白そうに訊いた。

「ウン、あなたは州議会議員だ。上院へ出馬するんでしょう。これまでの得票率はよく、環境保全問題をずっと訴えてきている」

「話の邪魔をして悪いが――」とシーガル。

「じゃあ、黙って。あとにしてくれ、ジェリー」マーシャルはタイに向き直る。「続けて。その先は――」

「それから――お父さんの死を悲しんでいる」

マーシャルはこの賢く、どことなく変わっている少年をすっかり気に入った。「そうだよ。そんな情報、どうやって知ったの？」

「誰だって知っている」シーガルは何の得にもならない話に業を煮やした。しかも、相手は選挙権のない子供だ。

「ぼくもパパが恋しくなることがある」タイがマーシャルに言った。

「クリス――一分だけいいか？」シーガルは強引だった。

「きみのお父さんは天国にいるの？」マーシャルは首席補佐のシーガルを無視した。

「違うよ。ポキープシにいる」

マーシャルはタイの返事ににっこりするが、シーガルは渋い顔をした。

「あなたは共和党員でしょ？」

「そうだよ」

「なんで、訊くんだ?」シーガルは疑り深くなった。

「リチャード・ニクソンは共和党だった」

「だから?」

「彼は嘘をついたね」とタイ。

シーガルはいきなり膝を突き、タイと向き合い、探るようにジロジロと見て尋問を始めた。

「何が言いたいんだ?」シーガルは真顔だった。

「ニクソンについて言ったこと?」

「そうだ」

タイは肩をすくめる。「別に」

「誰の差し金だ?」

「誰でもないよ」

「どこのマスコミの回し者だ?」

「ぼくは一〇歳だよ」

「きみの両親はどうだ——民主党、それとも、共和党か?」

タイは一瞬答えを考える。「最近はどっちも同じじゃないの?」

この答えにシーガルはドキッとして、今度は彼が次に何を質問するか考え込んだ。

「きみの両親は前の選挙で誰に投票した?」

「投票はしないんだ」

「どうして?」シーガルは突っ込んだ。

「パパは政治家はみんな悪党だと思っているし、ママは政治家はだいたい偽善者で、自分が痛みを知らないかぎり、現実をわからないと言っている」

マーシャルは愉快そうに言う。「ジェリー、この子を気に入ったよ」

「気に入らないものは何だ?」シーガルが応酬した。

エレベーターの扉が開き、マーシャルとシーガルがルーファスを連れてロビーに出ると、タイは内気そうにマーシャルを見上げる。

「これから、どこに行くの?」

「ルーファスの散歩」即座に、マーシャルが返事をした。

「クリス、手短に、いいな? 予定が詰まっているんだ。散歩一〇分、オシッコ一回だ」

「ママが許してくれたら、一緒に行ってもいい?」タイは無邪気に言った。

「いいとも。お母さんはどこにいるの?」

「二二階だよ。パーク・スイートだ」

「坊や、残念だけど、彼は急いでいるんだ」シーガルが口をはさんだ。

「違うぞ、ジェリー。急いでいるのはルーファスで、ぼくじゃない」

「おいおい」シーガルが唾を飛ばす。「何をするつもりだ？　まさか、逆戻りするんじゃないだろうな？」

「これ、持ってくれ」マーシャルは手綱をシーガルに渡した。

「えっ？」シーガルの顔は驚きと屈辱で歪む。「おれは犬の世話はしないぞ」

「まあ、そう言うなよ、ジェル。すぐに戻るから」マーシャルはタイのほうに向く。「一緒に行こう。ルーファスのボールを忘れてきた」

「嘘だろ、クリス。玉《ボール》がないのは誰だよ？」シーガルが怒鳴った。マーシャルが彼を睨むと、ごまかす。「いや、冗談だ」

二二階に戻ると、マーシャルはヨーク・スイートに行き、タイは左に曲がってパーク・スイートの扉をノックした。

「今、行きます……」

中から慌てたささやき声が聞こえてきた。タイはステファニーの声だと気づいた。そのステファニーが扉を開けたとき、マーシャルが青いボールを投げながら近づいてきた。

「このボールはルーファスのお気に入りなんだ」タイにほほえみかけた。

扉を開けたまま、ステファニーはマーシャルを見つめた。

「ハロー」マーシャルは彼女ににこやかに声をかけた。

「こんにちは」返事をした彼女の声は淑やかで落ち着いていた。タイはこんな声を出すステファニーを見たのは初めてだった。彼女は一瞬ためらってから、中に声をかける。「お客様です、奥様」

「いったい、どうしたの?」マリサは扉のほうを見て、凍りついた。

タイがニヤニヤしながら部屋に入ってきたばかりか、彼の後ろにはクリストファー・マーシャル議員がいた。キャロライン・レインの白いアンサンブルは彼女自身の服であるかのようにぴったり似合っているのはわかっているが、だからといってどうにもならないと思った。一言も言葉が出てこず、一瞬、頭が真っ白になった。

タイはリリーと一緒に仕立て室にいるはずなのに、この階で何をしているの? それに、どうして、クリストファー・マーシャルと一緒なの? おまけに、わたしは他人の服を着ている。これは現実のはずがない。悪い夢を見ているんだわ。

「ハイ、ママ。クリスだよ。灰色の大きな犬、ルーファスを飼っていてね、ルーファスはすごくカッコいい犬なんだ。ママが許してくれれば、一緒に散歩に行きたいんだ。いいでしょ?」

「初めまして」マーシャルは真っ白い服に身を包んだ、きれいな茶色の目と艶やかな黒髪の女に見とれた。

「こんにちは」マリサは辛うじて声が出た。

「いいよね?」タイが念を押した。

「でも……」

「忘れていない?」タイは自己弁護する。「ぼくは子供だから、できるだけ外で遊んだほうがいいって。体も心も鍛えるのが大切だ、とママはいつも言っているじゃないか」

「だけど……」

「お願い、ママ、ちょっと散歩するだけだよ」

マリサはクリストファー・マーシャルに見つめられているのを意識したが、まともに彼の顔を見る勇気はなかった。

その時、マーシャルが一歩前に出ると、手を差し出して握手を求めてきた。マリサが顔を上げ、ようやく目にしたマーシャルの笑みは眩いばかりだった。キリリとした口元に白い歯がこぼれ、美しく青い目にはユーモアと知性が光る。彼ならルックスのよさでどんな選挙でも勝てる、とマリサは思った。

「クリス・マーシャルです」

マリサは握手をしたものの、言葉が出てこなかった。すかさず、ステファニーが口を開く。

「ミズ・レイン、コートはいりますか?」

マリサはステファニーを見る。「今、何て?」

「コートです、奥様。この季節は天気が変わりやすいですから」

ステファニーを見つめるマリサの頭には、さまざまな想いが巡った。

こんな嘘を……通していいのかしら? いけない、許されるわけがないじゃない。でも、さっきステファニーは何て言った? ちょっとだけ、パーク・スイートの女王様の気分になっても罪にはならない。

「脚を伸ばしたいって、おっしゃっていたじゃありませんか」マリサを見るステファニーの目は、大胆にも悪戯っぽく笑っていた。

「いえ、やめておいたほうが……」

「ご主人がお許しになれば」マーシャルが言った。

「ママはシングルだよ」タイはまだニヤニヤしていた。このちょっとしたドラマの行方を面白がり、学校での嫌なことも忘れていた。

「タイ!」

「それなら、なおさら、お誘いしよう。一緒に散歩しませんか、ほかに用事がなければ」

「嬉しいですけど、仕事が……することがあるので」

部屋の掃除もあるし、ベッドメイキングもあるし、とマリサは思った。

何を考えているの、散歩になんか行けるわけがないじゃない。ボロが出ないうちに断るのよ、マリサ。誘いに乗るなんて、頭がおかしいんじゃない、マリサ。どうするつもりなの？

マリサがグズグズしていると、ステファニーがクローゼットから白のコートを取ってきて、彼女の肩に羽織らせた。

「さあ、行ってらっしゃいませ、ミズ・レイン」ステファニーは身を屈め、値札を内側にたくし込んだ。開いたままの扉のほうに向くと、ホテルの支配人ジョン・ベクストラムが規則正しい歩調でパーク・スイートに近づいてくるのが見えた。扉の横のテーブルからサングラスをつかむと、マリサに手渡した。

「これがいりますね」

マリサはステファニーの声が急に変わったのに気づき、すぐにサングラスを掛けた。

「ベクストラムよ」ステファニーはマーシャルに背を向けてささやいてから、自然な調子に戻る。「外は明るいですから」

マーシャル、マリサ、タイの三人は並んで歩き、エレベーター・ホールに来ると、フランス人老女二人――スイート・ルームのアメニティを漁っていたあのフランスばあさんだわ、とマリサは思った――が大きな声でお喋りをしていた。先にエレベーターを待っていたベクストラムはマーシャルに気づくと、黙礼をしてから手を差し出し、歯を見せて笑った。二人が握手をしているあいだ、マリサはタイに覆い被さり、彼のシャツを直して顔を隠そうとした。

「面白いね」タイがささやいた。

「おとなしくして」マリサが小声で言った。

ベクストラムは両手で握手をすると、派手に振る。「マーシャル様、当ホテル支配人ジョン・ベクストラムと申します。お父上のことでは、心からお悔やみを申し上げます。ベレスフォードの職員一同、お父上を家族のように慕っておりました。お父上には頻繁にご利用いただきましたので」

「お悔やみ、ありがたくお受けいたします」

「あなた様も、ベレスフォードを家庭代わりにご利用くださいませ」

マーシャルはただほほえむだけだった。

エレベーターが二二階で停まり扉が開くと、ラシター夫妻と子供たちが降りてきた。マリサは顔を背けて、笑いを隠した。ピーター・ラシターは悪名高きプレイボーイだった。昨日、彼女の愛人がマジソン・スイートを滅茶苦茶にし、今日の彼は家族サービスでびっしょり汗をかいていた。家族のお付き合いにうんざりしているようだ。

「夕べもその前の晩も、ずっと電話をしたのよ。あなた、どうしてポケベルを見ないの?」ラシター夫人の刺々しい声がした。

「おかしいな。伝言はなかったぞ」

ラシター一家の下の子は八歳くらいの男の子だった。髪はくしゃくしゃで、大声でわめいている。「ナイキタウンに行きたい！　ナイキタウン！　ナイキタウン！」

「静かにしなさい」息子を静かにさせようとするラシター氏は、すっかり疲れ切っているようだった。

マリサはラシター一家の後ろ姿を見送りながら、思わず笑いそうになった――家族サービスか、愚かな男は家庭の外で気晴らしをする。

老女二人が先にエレベーターに乗り、次にマリサ、そして、タイ、マーシャルが続き、最後にベクストラムが乗り込むと、ドアが閉まった。エレベーターが動き出すと、モニークとアヌークは興味津々にマリサを品定めすると、フランス語で話し出した。

「見て、きれいなアンサンブル。汚れやすいのに」

「スコッチ・ガードがあるわよ」

「新しい恋人かしら？」

「一晩かぎりの相手よ」

「まあまあきれいね。ちょっと安っぽいけど」

「それに、賞味期限が切れている。たぶん、ラテン系。地中海系かも」

「金持ち目当てのコールガールじゃない」

「そうそう」

二人は俗っぽく笑った。

マーシャルが笑みを浮かべて振り向き、かすかに英語訛のある流暢なフランス語で話しかける。「よろしかったら、ご一緒しませんか」

モニークの顔からさっと血の気が引く。「お邪魔でしょう」

「こちらこそ、お邪魔ですか、マダム？」

アヌークのほうはほほえんで、マーシャルに媚びを売る。「フランス語がお上手ですこと。アメリカ人にしては珍しい。どちらの大学で学ばれたのかしら？」

「パリのカフェです」

エレベーターがロビーに着くと、チンと鳴り、ドアが開いた。

マーシャルが小さく手を振る。「オルボワー」

「嫌味な男」モニークが唸った。

「オルボワー」アヌークはマーシャルにほほえみかけ、あだっぽく手を振って応えた。

老女たちが出ていくと、マリサが不思議そうな顔でマーシャルを見る。「何を話していたのかしら？」

「あなたをきれいだって褒めていましたよ」

「小柄な方は怒っているようでしたけど」

「癖ですよ、きっと」

広いロビーを歩くマリサとクリス・マーシャルは美しいカップルだった。二人の数歩後ろをタイがノロノロと歩いていた。二人がそばを通ると、誰もが振り返り、何かささやいた。

そのとき、ジョン・ベクストラムが二人に追いつこうと走ってくる。「お待ちください、あの……」

マリサもタイも緊張した。タイの笑みはすっかり消えていた。

「スカーフを落としました、奥様」

マリサはベクストラムとは目を合わせずにうなずいた。彼がスカーフを差し出すと、マリサは小さな声で礼を言い、スカーフをポケットに押し込んで足早にロビーを去ろうとした。

セントラル・パークの散歩

ベレスフォード・ホテルの外のジェリー・シーガルは、ルーファスを散歩させているというより、ルーファスに引っ張られていると言ったほうがよい状況だった。大型犬のルーファスが勝手な方向に行こうとすると、シーガルは全力を込めて手綱を握り、引きずられないように踏ん張った。そんな時、聞き覚えのある声が耳に入ってきて、身が縮むと同時に、できることなら消えてしまいたいと思った。この瞬間に、世界中の誰よりも顔を合わせたくなかったのはブラントン・マドックスだった。しかし、不幸にも、シーガルに気付いて声をかけてきたのは、ブラントン・マドックスに他ならなかった。

「シーガル。ジェリー・シーガルじゃないか！」マドックスは熊のように大柄で、髪は真っ白だった。一二年物のアイリッシュ・ウイスキー、ジョンジェイムソンを長年愛飲してきたおかげの赤ら顔に満面の笑みを浮かべ、大声で言った。

シーガルは笑ったものの、しかめ面になった。「さっさと行け、さもないと、殺すぞ」ルーファスに悪態をつき、マドックスに何とか作り笑いをする。「やあ、ブラントン。奇遇ですな」

マドックスの背後から現れたのは、空席となった上院の議席をマーシャルと競うヴィクター・デルガードだった。彼は五〇代初めだが、若々しい体型を保ったしなやかな肉体にはエネルギーが溢れている。これを維持するために、毎日、テニスを二時間して、ウェイトリフティングも欠かさない。それでも、顔には如実に年齢が表れ、野獣のような鋭い目は笑っても決して穏やかにならなかった。

「ヴィクター・デルガードは知っているだろ？　ヴィクター——ジェリー・シーガル、クリス・マーシャルの右腕だ」

デルガードは一瞬、冷笑のような笑みを浮かべる。「なるほど、犬の世話もするのかね」

「ハハ、冗談が巧いですな」シーガルは笑って取りつくろった。

「ヴィクターを五七丁目の新社屋に案内するところなんだが、一緒に来ないか？」

「ありがたいが、予定が詰まっているんだ」

マドックスはわざとルーファスを見る。「そのようだな。じゃ、またの機会に」

二人は歩き出し、デルガードが別れ際に言った。「クソの始末を忘れるなよ」

二人が大笑いして人混みに消えていくと、シーガルはルーファスに身を屈め、小声で罵る。

「殺せ、あいつを殺せ！」


マーシャル、マリサ、タイがレキシントン通り側のベレスフォードの出入り口に近づくと、マーシャルは外の様子に気づいてマリサを見る。「注意しておくのを忘れた。外にはカメラマンがいるかもしれません。ぼくは先に行きますから、五九丁目の公園の入り口で会いましょう」

マリサは明るい日が降り注ぐ外に出て、初めてマーシャルが警告した訳を知った。いきなりパパラッチが攻めるように押し寄せてくる。彼女は驚き、両手を上げてフラッシュを避け、怯えてすくみながらもタイを引き寄せた。

「ひどいわ」マリサの声は震えていた。

マーシャルは彼女を安心させようと、軽く腕に触れる。「ここは、ぼくに任せて。先に公園に行ってください。ルーファスを連れて、追いかけますから」マーシャルはパパラッチに向き直り、穏やかに、笑みさえ浮かべて話した。ほほえみは有権者を惹きつけるマーシャルの魅力のひとつだ。「きみたち、別に特別なことは何もない。旧友と彼女の息子だ」

「お名前は?」顎髭を生やし、フェルトの中折帽にゴールドのピアスをした若い記者が、すかさず訊いてきた。

「まあ、名前は不詳の古い友人だ。どうだろう、今日のところはこれで引き上げて、月曜の慈善パーティに一五分取材してはどう? 取り引きしないか?」

「中に入れてくれる? パーティ会場の中に?」若い男がもう一度尋ねた。

「そうだ」

マーシャルが向きを変えると、もう少し年上で、やはり顎髭を生やした男が口を開く。「酒も飲める?」

「あまり欲張るな。まあ、何とかしよう」

シーガルが跳びはねるように前進してくるルーファスに引っ張られて、仲間に加わるが、息切れしている。「クリス、クリス——何をしているんだ?」

「友だちと話しているだけだ」マーシャルはパパラッチにウィンクして、シーガルを脇に引っ張った。嬉しそうにマーシャルに飛びつこうとするルーファスの頭を軽くたたく。「ハイ、ボーイ、意地悪なジェリーといて楽しかったかい?」

「そりゃ、楽しかったよ」シーガルは刺々しく言った。「あんなに楽しいことは滅多にないな。ブラントン・マドックスとヴィクター・デルガードに、きみの可愛い犬を散歩させているのを見られたんだ!」

「ほら、言ったとおりだろ、ジェル。もっと外に出たほうがいい」

マーシャルは手綱を受け取り、ルーファスを連れてセントラル・パークに向かった。

「待てよ、クリス」シーガルは彼の後ろ姿に怒鳴る。「昼食会に一時だ。忘れるな。奴が来るのは一時半だぞ!」


マリサとタイがセントラル・パークの南東の角から中に入ろうとした時に、軽快に駆けるルーファスと一緒に、マーシャルが追いついてきた。歩道を行く人が彼に気付いて話しかけようとすると、マーシャルは立ち止まらずに、「やあ、こんにちは」と愛想よく挨拶をして大急ぎで歩いてきた。

「待って」マーシャルが二人に呼びかけた。

マリサは振り向き、ためらいがちにほほえみかける。「あのカメラマンたち、あの人たちはまるで飢えた禿げ鷹みたい。わたしは、あなたのように落ち着いていられない。あなたはどうしてあんなに冷静でいられるんですか」

「仕方ないんです。慣れて、そのうちに面の皮が厚くなるんだ」

「ねぇ、クリス、ぼくがルーファスを散歩させてもいい？」

「いいよ」

「ミスター・マーシャルでしょ、タイ」

「構わないですよ、ミズ・レイン。クリスで結構」

「じゃあ、ママのこともキャロラインと呼ばなくちゃ」タイはニヤリとした。

「キャロライン・レイン……」マーシャルは一拍置く。「素敵な響きのお名前ですね」マーシャルがタイに手綱を渡すと、タイはルーファスと一緒に走り出した。

「あまり遠くに行かないで、タイ」

マリサとマーシャルはしばらく黙ったまま、タイがルーファスにボールを投げるのを眺めていた。ルーファスはボールを取りに走り、空中でボールをキャッチすると大喜びでタイの元に戻っていった。

「誘ってくださり、ありがとう」マリサがようやく沈黙を破る。「あの子、最近、少し落ち込んでいたから。それに、昨日は、学校でスピーチを失敗したんです」

「スピーチはなかなか巧くいかないものだ。どんな失敗を？」

「巧く言えないんですけど。あがってしまって途中で詰まり、壇上から逃げ出したんです。人前で話すのが苦手だから、怖じ気づいたんでしょう」

「スピーチの前には、いつも緊張しますから」

マリサは初めてマーシャルの目を真っ直ぐに見る。「あなたが？」

マーシャルは照れくさそうに、額にかかる髪をなでてごまかす。「まあ……毎回ではないけれど」

マリサはほほえんだ。すっかりクリス・マーシャルに惹きつけられていた。ハンサムで、知的で優しく、彼といるのは楽しいと思った。同時に、そんなふうに惹かれることは分不相応だともわかっていた――どうにもならないわ、面倒なことになるばかりで、こんな嘘をついたままでは何も実らない。

マリサは初秋にしては温かい日に、他人の名をかたり、セントラル・パークでクリス・マーシャルと散歩をしていた。彼女はキャロライン・レインではない、マリサ・ベンチュラ、ベレスフォード・ホテルのメイドだ。嘘で飾ったままマーシャルといても、一緒にいる時間が長くなればなるほど、混乱してくるばかりだ。これは間違い、こんなことをしてはいけない！とマリサは心で叫んでいた。

二人の後ろから、若い女が犬を三頭連れて駆け足で近づいてきた。

「マーシャルさんですか?」

マーシャルは振り向き、彼女と犬を見て、推測する。「犬の散歩係?」

「はい。ネタです」

「当ててみようか? シーガルに依頼されてルーファスの面倒を見にきたんだね」

「はい、そうです」

「やっぱりね」

彼女はタイとルーファスのほうを見る。「彼ですね?」

マーシャルはうなずいた。

「すごい、なんてきれいな犬だろう。いいですか?」

「何が?」

「彼を連れていっても」

「構わないよ。そのために雇われているんだから。報酬が十分だといいんだが」

彼女はルーファスの元に行こうと歩き出してから、一度、マーシャルを振り返る。「あ、すみません、忘れるところでした。シーガルさんから必ず渡すように言われました」マーシャルにメモを渡した。

「一〇分」マーシャルは声に出してメモを読み、呆れた顔をする。「諦めない奴だな」メモを丸めると、近くにゴミ箱を探したが、見つからないのでポケットにしまった。

二人はベンチまでゆっくりと歩いた。マリサは誰かが捨てたニューヨーク・ポスト紙を拾い、腰掛ける前に下に滑り込ませようとした。そのとき、フロント・ページにクリストファー・マーシャルの写真が掲載されているのに気づいた。

「あら、あなたの顔に座るところだったわ」

うっかり言った言葉に、マリサは顔を赤くした。二人とも前を向いたまま、恥ずかしくて一瞬何も言えなかった。

沈黙を破ったのはマリサだった。「座りましょうか」

「ああ、いいね」マーシャルはうなずいた。

二人はタイとルーファスがじゃれ合っているのを見守った。

「素晴らしいお子さんですね」

「ありがとう。あの子はわたしの宝です」

「そうでしょうね。一〇歳で熱烈なニクソン・ファンとは驚きだな。ファンというより、専門家のほうが適切かな」

「去年、学校で七〇年代を勉強したので、政治でも音楽でも、七〇年代のものにすっかり凝っているんです。何でも吸収する子だから、先月は、ヘンリー・キッシンジャーの伝記を読んでいました。それも、学校の課題ではなく、自主的に」

「本当ですか？　すごいな」

「まるで一九七〇年代専門の歴史家気取り。タイは何かを始めると、あらゆる角度から考えて、ようやく納得するんです。もうすぐ八〇年代に進むでしょうけど、わたしももっと勉強しないといけないわ」タイの話をするマリサは誇らしげだった。

「素晴らしいな、キャロライン」

マリサはキャロラインと呼ばれると体が強ばった。キャロライン・レインとは真っ赤な嘘だ。どうして、こんな嘘をついてしまったのか、と今さらながらに悔やんだ。

「そうね」マリサは何とか冷静を保とうとした。

「それに、とても仲がいいんですね」

マリサは思わずほほえみ、そのあと二人は見つめ合った。互いの目がしだいに熱くなると、マーシャルがそれを打ち消すように口を開く。「それで――ニューヨークにはいつまでいらっしゃるのですか」

「よく……まだわかりません」

「いつもベレスフォードにお泊まりですか」

「住んでいるような気がすることもあります」マリサは苦笑した。

「父が気に入っていたホテルです。子供の頃から泊まっていたけれど、ぼくには少し堅苦しい気がする」

「まあ」

「どうして、マンハッタンに?」

「仕事です」

「どんなお仕事を? 質問攻めで気を悪くしたかな?」マーシャルはほほえんだ。

マリサは遠くで何かが動いたのに驚いて目を細め、マーシャルの上着の袖に触れる。「あそこ、遊び場近くの一一時の方向を見て」

「何?」

「一一時の方向に注意して」

マーシャルも横目で見て、パパラッチが小枝でカモフラージュをして、カメラのシャッターを切っているのに気づいた。

「また、あいつか。エディ・ヤッター、どこにでもついてくる男だ」

マーシャルが立ち上がると、マリサもあとに続いたが、ポスト紙のフロント・ページが彼女のお尻にくっついていた。

「彼は何を狙っているの？」

「彼はブラントン・マドックスに雇われている。最近はもっぱらぼくを追い回し、新しい女性といるところを撮ると、彼の軽薄なタブロイド新聞はぼくが……別れたと書き立てる」マーシャルは肩をすくめ、言葉を濁した。

「スーパーモデルの婚約者と別れた、と」

「婚約者じゃない」

マーシャルは不意にマリサのお尻についた新聞紙に気付く。「言い辛いんだが……ぼくの顔があなたの……新聞があなたのここに、ほら」マーシャルは新聞をさっと取ると彼女に渡して、ぎこちなく笑う。「これで、取れた」

マリサはフロント・ページのマーシャルの写真を見て顔を赤くした。

「とにかく、こんなもの信じないほうがいい」

「まったくの嘘？」

「確かに付き合っていたけれど、最近は会っていません。ほとんど会っていない……まあ、事情があって」

「何でも事情がありますものね」

マーシャルがニコリとする。「あなたもそういう経験があるんだ」

「日々、そんなことの連続です」

マーシャルはマリサの腕を取る。「ほかへ、行きましょう」

マリサがタイを呼ぶと、彼はボールを投げながらブラブラと歩いてきた。

「ぼく、運動が苦手なんだ」タイがマーシャルに話しかける。「バスケットボールのチームでは、最後まで出番は回ってこない。だから、ジャンプの練習をしているんだ」

「いい心がけだ」

「ボールだって、落とすよりちゃんとつかむほうが多い。でも、誰も見てくれない」

「ルーファスはわかっているよ」

三人はセントラル・パークのもう少し奥まで進んだ。ごつごつとした岩場の西側には青空が広がっていた。

「ここは別世界だわ。通りの喧騒から少し離れただけで、こんなに静か」

「なかなかいい景色でしょう？　何よりもいいのは、少なくとも今はヤッターをまいたようだということだ」マーシャルは公園を見渡すマリサを目で追う。「ここに来ると落ち着きます。スピーチをする前の緊張しているときに、よくここに来るんです」

タイが怪訝そうにマーシャルを見る。「あなたが緊張するの？」

「するよ。汗が噴き出し、両手が震える」

「ほらね？」マリサはタイをギュッと抱きしめた。

「きみは平気かもしれないけれど」マーシャルはタイに話す。「ぼくは大勢の人の前に立つと、心臓がドキドキして、言葉を忘れてしまう。すべてがぼやけてしまう」マーシャルはマリサにウィンクした。

タイは興奮して両手でルーファスのボールをいじっている。「あなたのそんな様子、信じられないよ、クリス。ぼくとまったく同じだ」

「政治家としてはかなり致命的だ、そうじゃないか？」

「そうだね。大衆に語りかけて、同時に売り込まなくちゃいけないんだから。緊張した時には、どうするの？」

マーシャルはポケットに手を入れ、曲がったペーパークリップをひとつ、取り出してタイに見せる。「スピーチをしているあいだ、ずっと、これを握っている」

タイが片手を伸ばすと、マーシャルはすぐにポケットにしまった。

「ペーパークリップ。ただのペーパークリップだったよね？」

「つまり、心から緊張感を取り除くために何かが必要だった。ぼくにはペーパークリップが有効だった」

タイは考え込むような表情でうなずく。「避雷針みたいなものだね？」

「ぴったりの言葉だ。緊張感がペーパークリップに吸収され、残るのは言葉だ」

「あなたのスピーチだ」タイは納得した。

「そういうこと。雑念を払い、説得力あるスピーチにしたい」

マーシャルがもう一度マリサにウィンクすると、彼女もウィンクを返した。息子とクリストファー・マーシャルの様子を、言葉にできないほど幸せな気持ちで眺めていた。土曜の朝、いつもどおりに目覚め、いつの間にか、夢の世界に飛び込んでいたのだった。

「歴史上で演説が巧いと言われる人の中にも、このペーパークリップ術を利用している人がいるんだ」マーシャルは内緒話をするように、タイにささやく。「たとえば、ヘンリー・キッシンジャー」

タイはちょっと眉をしかめ、マーシャルに顔を近づける。「キッシンジャーは演説が巧くなかった」

「じゃあ、彼がどうなるか想像してごらん、これが……なかったら」マーシャルはもう一度ペーパークリップを取り出すと、タイの前にちらつかせた。

「本当にただのペーパークリップだ」彼の声には驚嘆の想いがこもっていた。

「ただのペーパークリップじゃないかもしれないよ。いいかい、明日の新聞でこの秘訣が暴露されるのは困るな」

「ぼくは喋らない。誓うよ」タイは握ったボールを見つめて、ためらいがちに言う。「からかっているんじゃないよね?」

「からかってなんかいないよ」

「ぼく、学校でみんなにからかわれるんだ。頭がいいのに、騙されやすいって言われる」

「これは正直な話だ、タイ」

「どんなペーパークリップでも効くの?」

「自分で試してごらん。何でも経験だ」

マリサはタイの手を取る。「もう一度スピーチをしてみる?」

「わかんない。また、失敗するかもしれない、昨日みたいに」

「確かに失敗するかもしれない」マーシャルが言う。「だが、やってみること、それが大切なんだ。誰でも失敗する。自分で二度目のトライをせずに、他人にそれを期待できるか、と父がよく言っていた」

マリサはタイの髪をくしゃくしゃにする。「クリスのお父様はとても賢い方ね」

「そうでした」マーシャルの表情がわずかに曇る。「父は偉大でした。ぼくが少しでも向上できるように、何度もチャンスを与えてくれた。ようやく今になって、それがわかったんだ」マーシャルはタイに向き直る。「さあ……ペーパークリップを信じる?」

タイは黙ったままだ。

「タイ、あなたに話しかけているのよ」

マーシャルを見上げたタイの顔は、しごく生真面目で断固としていた。「信じるよ」

「いい子だ」

「ねぇ、クリス」タイの声は明るかった。「いい考えがあるんだ。動物園のペンギンを見にいこうよ」

マリサはタイを厳しく見る。「もう帰る時間よ」

「もう少しだけ、いいだろ、ママ」

「そうだな」マーシャルがニコリとする。「ほんの数分だ」

三人は動物園まで行き、分厚いガラスで隔てられた氷の世界でペンギンが泳ぐのを眺めた。

「カッコいい、あの泳ぎを見て! イェイ!」

歓声を上げるタイに、マリサとマーシャルは笑った。

「タキシードを着ているように見えない? よちよち歩く、小柄なオデブさん。タキシードで決めてもパーティもない」マリサが面白そうに言った。

「それで思い出した」おもむろにマーシャルが言う。「月曜の夜に、タキシードにブラックタイ着用で、一皿二五〇〇ドルのパーティがある。タキシードでよちよち歩く男たちがたくさん集まる」

マリサが彼を見ると、マーシャルは熱心にペンギンを見ていた。「二五〇〇ドル？　それじゃあ、お皿も持って帰らないと。何のパーティ？」

「マンハッタンの貧しい子供の教育を充実させるキャンペーンだ」マーシャルが説明する。

「ニューヨークの有力者が集う盛大なパーティ。ブラントン・マドックスが自分を正当化するために、毎年開催している」

「マドックス？　さっき、卑劣なヤッターを雇って、あなたの写真を撮らせている人だと言わなかったかしら」

「そのマドックスだ」

「わからない。どうして、そんな男が開くパーティに行くの？」

「顔見せだ」マーシャルは言いにくそうだ。「首席補佐ジェリー・シーガルはぼくが出席するのは重大だと思っている」

「顔を広めて、コネをつくるために出席するのね」

マーシャルが高らかに笑うと、マリサもつられた。

「まあ、きみがそう言うのも……」

「違う――あなたが先に言ったのよ。そういう人たちが何のために、どれほどのお金を払おうが構わない。でも、どんな理由があろうとも、彼らのために自分を殺すべきじゃない」

「遠回しな言い方をしないで、思っていることをはっきり言ってほしいな」

「わたしの意見を？　わたしをからかっているのね」

「いや、違う。本当に知りたいんだ」

「本当に、わたしの考えを聞きたい？」マリサは一瞬、マーシャルを真剣な顔で見た。「このマドックスという男が何かいいことしたいなら、二五〇〇ドルを貧しい地区の学校に寄付して、ディナーは軽くすますといいわ。それがわたしの言いたいこと」

「いい指摘だ。是非、ぼくと一緒に出席して、彼に言ってやるといい、キャロライン」

マリサはキャロラインと呼ばれて、また、体が強ばる。「月曜日？」ルーファスのボールを投げて、背中で取ろうとして失敗するタイを眺めながら、マリサは呟く。「別……の予定があるから。ごめんなさい」

「月曜日に先約があるとは残念だ。忙しいんですね」

マリサは本当のことを言おうと彼を見るが、言葉に詰まる。「事情があって」

「どんな？」

マリサは首を振る。「一口には言えない」

「わかった。しつこかったね」

「もう、行かなくちゃ。タイ――いらっしゃい、遅れるわ」

「何に？」

「とにかく、遅れるの」マリサはもう質問はなしと言いたげに、マーシャルを睨んだ。

動物園の出入り口にある動物時計の前に三人並んで立つと、マーシャルは二人を引き止めようとする。「そうだ、信じられない。動物園に来ているのに、まだヘビを見ていない――ヘビのようなヤッターは見かけたけど」

「写真を撮っていた人？　あいつは檻に入れろ」タイが笑った。

「うまいことを言うな、タイ。そのとおりだ」マーシャルも苦笑した。

マリサはほほえみながらも、はっきりと別れを告げる。「お会いできて、とても楽しかったです、クリス・マーシャル。あなたは噂とは随分違う人でした。その、思っていたような人ではなかった」落ち着かずに笑ってごまかす。「嫌だ、失礼なことを言って。タイ、さあ、帰りましょう」息子の手をつかんで引っ張った。

「あなたみたいな人は初めてだ」マーシャルははっきりと言った。

「いいえ、わたしは平凡な女です。どこにでも、わたしみたいな人間はいるわ」

「そんなことはない」

「優しいんですね。じゃあ、さようなら」

マリサがタイの上着を引っ張っても、彼はマーシャルを見て、グズグズしていた。

「これをきみにあげよう、タイ」マーシャルは上着のポケットから取り出した一握りのペーパークリップを手渡す。「これを試してごらん。でも、一度のスピーチで全部を使ってはだめだよ、いいね？」

「ウン」タイはポケットにペーパークリップを入れると、ハイファイブをしようと手を上げた。

マーシャルはその手のひらを軽くたたいた。

マリサはマーシャルの繊細な心遣いが嬉しかったが、なおさら、他人の名をかたる自分が恥ずかしくなった。すぐにでもマーシャルの前から消えたくて、タイを引っ張るが、まだ動こうとしない。

「ルーファスのボールはどうしよう？」

「あとで返してくれればいい。ルーファスもきみに会いたいだろう」

マリサに手を引かれ、タイは肩越しにマーシャルを見る。「クリス、ペーパークリップをありがとう。それから、選挙戦、頑張って」

「ベストを尽くす。見ててくれ」

母と息子が手をつないで遠ざかっていくのを見守りながら、マーシャルは湧き上がってくるこの温かく、なごやかな気持ちは何だろうと不思議だった。それが何であれ、彼が今まで知らなかった感情だ。

ステップアップ

マリサはベレスフォード・ホテルのロビーに入ると、フロント・デスクから目を逸らし、できるだけ目につかないように通り抜け、地下のロッカー室まで急いだ。走りながら、携帯電話でステファニーの番号を押した。

「もしもし、ステファニー？　今、どこ？」

「厨房」

「すぐにロッカー室に来て」

数分後、ステファニーがロッカー室に飛び込んできて、マリサがドルチェ&ガッパーナの服を脱ぐのに手を貸した。

「彼に月曜日の慈善パーティに誘われたわ。一皿二五〇〇ドルのパーティよ、信じられないでしょ？」

「招待を受けたの？」

「まさか、受けるわけがない。込み入った事情があると言って断ったわよ」

「込み入った事情？　気は確か？　もっとましなことが言えなかったの？」

「正直に言っただけ。いい、わたしの名前はマリサ・ベンチュラ。お金持ちのゲス女、キャロライン・レインじゃない。まるでペテン師の気分だわ」

「男が絡んだ時の問題はブラのホックを外せるかどうかよ」

「ほんとに、セックスしか頭にないの？」

「それが自然の法則よ」

マリサは白い服を汚さないように注意して頭から脱ぐ。「わたしにどうしろって言うの？　彼のベッドに入り込めとでも言うの？　現実を見てよ、ステフ。彼はわたしをここの宿泊客、彼と同じ階級の人間だと思っている。彼とベッドインするどころか、彼のベッドメイクをするメイドなのよ。本当のことを知ったら、何て言うかしら。わたしをクビにさせるかもしれない。それでも、責めるわけにはいかないわ」マリサはため息を漏らした。

「わかった、そこまで。それより、彼、どんな人なの？」

「目がセクシー」

「それから」

「唇も素敵。形がいい」

「なるほど。手はどう？　大きい？」

「完璧よ。繊細で、細くて、長い指」

ステファニーがうなずく。「そりゃ、完璧だわ」

「長い脚。しまった体。優しいほほえみ」

「やめて。ゾクゾクしてきちゃった」

いきなり、ポーラ・バーンズがかすれ声で叫んでいるのが聞こえてくる。「マリサ？ マリサ・ベンチュラ。戻っているの？」

「はい、マム」マリサは大きな声で返事をして、ステファニーにささやく。「どうしよう、きっと、彼女、何か感づいたのよ。助けて」

ステファニーにメイドの制服を頭から着せられ、マリサはパンツを脱いだ。彼女が大慌てで制服のボタンをかけるあいだに、ステファニーが脱いだ服をロッカーにしまう。どうにかロッカーを閉め終わったときに、ポーラ・バーンズがロッカー室に入ってきた。

「あなたたち、ここで、何をしているの？」バーンズは何か見落としがないか、鋭い目でロッカー室を見回した。

「制服を汚したので、着替えていたんです」マリサが早口で言った。

「ベクストラム支配人が彼のオフィスで待っています。一〇分後に行くこと」

バーンズが出ていくと、マリサはステファニーを見て、下唇をかみ、首を振った。

「突然、目の前が真っ暗になる感覚、わかる?」

マリサとタイと別れてから二〇分ほどして、クリストファー・マーシャルが口笛を吹きながらぶらりとヨーク・スイートに戻ってくると、ライオネルが清掃中の二人のメイドを監督していた。

「一時間前に終わらせているべきなのに。仕事が遅い」シーガルがブツブツ言った。

「カリカリするな、ジェル。小言ばかり言っていると、早死にするぞ。細々《こまごま》したことでも重大なこともあれば、気にしなくていいこともある。きみはたまにその差が見えなくなる」

「いいだろう」シーガルは暗い声で言う。「重大な話をしよう。きみが犬と遊んでいるあいだに、デルガードは点を稼いでいた。今日はいいことなしだ。こんな調子じゃ、早死にするほうがよさそうだ」

マーシャルはほとんど話を聞いておらず、上着のポケットを探った。「ペンを持っているか、ジェリー?」

シーガルは金色のマーククロスのボールペンを渡し、皮肉っぽく言う。「ほら、クリス。きみの役に立てるなら、何でもする」

マーシャルはデスクからメモ用紙を取り、何か走り書きすると、ライオネルを見る。

「ライオネル、きみの名はライオネルでよかったね?」

「はい、マーシャル様」

「パーク・スイートに泊まる女性に手紙を書いた。彼女の名前はキャロライン・レイン。これを届けてくれないか?」

「すぐにお届けします、マーシャル様」

「ありがとう」

ライオネルが黙礼をして出ていくと、すかさずシーガルがかみつく。「何をするつもりだ?パーク・スイートのキャロライン・レインとは何者なんだ?」

「ついさっき出会ったんだ」マーシャルはさり気なく言う。「月曜の夜のマドックスのパーティには連れが必要なんだろ。候補を見つけた」

「連れは必要だ。だから、ちゃんと手配しておいた。ナチとの戦い中に苦労して勉強した盲目の老女で、共和党員だ」

「きみの母上はフロリダにいると思っていたけどな」

「まったく、ああ言えばこう言う。それで、このレイン嬢はどんな感じだ?」

「美人、機知に富み、頭がいい」

「もちろん、独身で、麻薬常習の過去はなく、民主党員じゃないな?」

マーシャルは肩をすくめた。

「クリス。まさか、しっかりしてくれ。彼女を調べなかったのか？　そうなんだな？」

「そんなに騒ぐなよ、ジェル」

「信じられん！」シーガルは補佐の一人に走り寄り、電話中の彼から受話器を取ると、ささやく。「パーク・スイートの宿泊客……キャロライン・レインの素性を洗え」

補佐が名前をメモ書きしようとした。

「書くんじゃない！　頭にメモしろ。大至急、調べろ！」シーガルは鋭い調子でささやいた。

マリサは支配人室の前で待つあいだに、鼓動が激しくなり、不安で喉がカラカラになった。キャロライン・レインが意外にも早く戻ってきて、クローゼットから服がなくなっているのに気づいたか、キャロライン・レインの服を着て五番街を歩いているのを誰かに見られて密告されたのかもしれない、とさまざまな不安が浮かんできた。

何であれ、支配人室に呼び出されるのは、いいことであるはずがない。解雇されたら、その日のうちに新しい仕事を探さなくてはならない。ワーキングクラスのシングル・マザーの例に漏れず、マリサに蓄えはない。マーカスも時には養育費らしき援助をするが、タイの小遣い程度だ。彼と離婚する時に、離婚手当も養育費も受け取らなかったのは、間違いだったかもしれないと思うこともあった。「立派よ」と母親には言われたが、本音を言えば、彼女から離婚を切り出した以上、どんなことがあってもマーカスには金銭的に頼りたくなかった。マリサは誰にも負い目を感じることなく、自立して生きていきたかったのだ。

ドアが開いていたので、立ち聞きするつもりはなかったが、ベクストラムとバーンズの話が聞こえてきた。

「ライオネル・ブロッホには注意しておこう」

「最近、アルコール依存症ではないかという噂もあります」

「彼は、長年、優秀な従業員だった」

「でも、このところ仕事のミスが目立ちますよ、ジョン」

「とにかく、何か気付いたことがあれば、すぐに報告してくれ」

ベクストラムが顔を上げ、マリサに気付いて中に入るように合図しても、バーンズはまだ先を続けた。

「昨日、仕事中に手を切って……」

ベクストラムは片手を上げる。「その話はあとで。ミス・ベンチュラ、そこに座って」

バーンズは支配人室を出ていかずに彼の後ろに立った。

「ここに呼ばれた理由は承知しているね」ベクストラムはいつもの真面目くさった表情だ。

マリサは深呼吸をしてから、小声で言う。「はい」

「一流ホテルにとって一番重要なことは何だと思う？」彼はやや身を乗り出した。

「立地条件ですか？」

ベクストラムは首を振る。「忠誠と信頼だ。きみに、その資質はあるかね？」

マリサは彼女の運命を探ろうと支配人の目を見つめたが、何も読めなかった――冷ややかな目はいつもと変わらない。「あると思います。はい、支配人」ためらいがちに言った。

「ここにいるミス・バーンズもそう思っている。彼女からの推薦で、きみの願書を十分に検討したいと思っている」

「えっ？」

「今朝、ミス・ケーホーがきみの願書を持ってくるまでは、まさか、きみが管理職に興味があるとは思ってもみなかった。仕事ぶりには常々感心していたが」

「はあ」マリサは気が抜けて、まともな返事ができなかった。

ここでバーンズが願書を差し出す。「社会保険番号を書き忘れています。人事課に訊けばわかりますが、本人が記入したほうがいいでしょう。それから、母親の旧姓も記入してから、署名して」

マリサがポーラ・バーンズを見ると、珍しく、ほほえんでいた。

「本当に、わたしを副支配人に?」

「ほぼ決まっている」ベクストラムがバーンズに代わって話す。「公平を期すために、これから提出される願書も考慮しなくてはならないが、わたしたちとしては、きみを候補に考えている」

「メイドが副支配人に応募するのは異例ですが、そこがベレスフォードの独創性です」バーンズがやや堅苦しく言った。

「正式に決まれば、通常なら一年の養成期間を設けているが、人手不足の厳しい事情があり、六週間の訓練が終わりしだい副支配人になってもらう。もちろん、各職の実地訓練を受け、必要な試験に合格してもらわなくてはならない」

ついさっきまでの不安はすっかり消え、マリサの顔には笑みが浮かんだ。「信じられない……光栄です」

「謙遜しなくてもいいわ。これまでの努力が実ったのよ」ポーラ・バーンズは意外なほど優しかった。

「一〇日以内に最終的に決める予定だ。いいかい、ミス・ベンチュラ、ひとつのドアが閉まったら、別の窓が開く」

マリサはベクストラムが何を言おうとしているのかわからず、眉根を寄せた。

「窓はチャンスということよ」バーンズが付け足した。

「思い切って、飛び出せ!」

ベクストラムは笑ってマリサを送り出した。

マリサは従業員用トイレに走り込むと、迷わずに、ひとつだけ使用中の個室に近づいた。天井の火災報知器が外され、個室の上に煙が漂っているので、ステファニーがいることはすぐにわかった。

「ステフ?」ドアをたたく。「開けて」

「服のことがバレたの?」

「違う、いいから、開けて」マリサはもう一度ドアを強くたたいた。

「どうしたのよ、怒っているみたいだけど」

「怒っているわよ。早く、鍵を外して」

ステファニーはドアを開け、フィルター付キャメルを指にはさんで出てくる。「いったい何なの、マリサ?」

マリサは煙を払う。「あなたにこんなことをする権利はないわよ」

「何のこと?」

「とぼけないで。わたしの名で願書に記入して、提出するなんて、何を考えているの？」

ステファニーはニヤリとする。「副支配人に採用されるの？　やった！　きっと採用されると思ったのよ、やっぱりね」

「どうして、わたしの名前で願書を提出したのよ？　あなたって、何をしでかすかわからないから、冷や汗が出る」

「あら、あなたを思って、したことよ」

「感謝しろと言うの？」マリサは腹立たしげにわざとらしく煙を払う。「今後は余計なお節介をしないで」

マリサは音を立ててトイレのドアを閉め、出ていくとロッカー室に入った。ベンチに座り込むと、両手で頭を抱え込んだ。一度にいろいろなことが起きて、混乱し、頭の中をさまざまな想いが駆け巡った。

ちょっとした気晴らしで宿泊客の服を着るだけだったのに、政界のサラブレッド、将来有望な二世議員のクリストファー・マーシャルとセントラル・パークを散歩したなんて……正気の沙汰じゃない。別人になりすまして、デート気分で彼と話しさえした。身元を偽るなんて、自分に対する裏切り行為だわ。その上、戻ってくれれば、ベクストラムから副支配人の候補リストに入れると言われた。あんまり急な話で、まともに頭が働かないわ。

誰かが肩に手を置いたのに気付き、マリサが顔を上げると、ステファニーが片手を腰に当てて仁王立ちしていた。

「怒りたければ、怒りなさい。でもね、よく考えて。この二年間、早く制服を卒業したいとうるさいくらいに言っていたのは、誰だったかしら？　ベクストラムの話があったから、昨日、人事課のロザリーと休憩時間に話したわ。『マリサがクリスチーナのポストに応募したら、どう思う？』って訊いたら、『彼女が応募するなら、リストの一番上に滑り込ませるわ』とロザリーが言った。あなたが前に管理職訓練に応募しているかどうか確かめたら、一度もないっていうじゃない」

二人はしばらく黙って見合った。

「マリサ？」

「何よ？」

「嘘をついていたのね。親友のわたしに嘘をついたのね。去年、バトラー訓練に応募したって言ったじゃない」

「するつもりだったわ」

「でも、しなかった」

「思い直したの。わたしに可能性があるわけない。ほかに資格を持った人がたくさんいる」

「それじゃ、いつも分をわきまえろと言っているあなたの母親と同じじゃない」

「母の言うとおりかもしれない」

「彼女は間違っているかもしれない。わたしは間違っていると思う。あなたは、口で言うほど度胸がない。だから、わたしが代わりに願書を出しておいたの。副支配人に採用されれば最高じゃない。採用されなくても、ダメで元々だもの、何も恐れることはない」

ステファニーはマリサの横に座り、彼女の手を取りながら、静かに言った。

「あなたやわたしにだってチャンスは巡ってくる。チャンスだと思ったら、しっかりつかまなくちゃダメよ。グズグズしていたら、ほかの人に奪われる。母親たちの時代とは違うことを証明してみせるのよ。チャンスを逃さないで」

「でも、わたしたちが間違っていたら、どうすればいいの、ステフ?」

「正しいかどうか、わかるには方法はひとつしかない。覚悟を決めて、次のステップに飛び出すの」ステファニーはマリサの頬にキスをしてから、立ち上がる。「さてと、そろそろ退屈な仕事に戻らなくちゃ。ジェファソン・スイートからお呼びよ」

「カトラーはまだ泊まっているの? あのマフィアの詐欺師が?」

「残念ながら、いるわよ。あいつ、まだわたしを口説いていないけどね」

マリサはしばしば自分のロッカーに顔を向けていたが、その目はロッカーを見てはいなかった。

支配人への一歩を踏み出せるかと思うと、期待と不安が入り混じり、高揚していた。

仕事が終わり、マリサがタイムカードを押して退社しようとするときに、キーフがぼんやりとモニターを点検していた。

「何か面白いことはない、キーフ?」

「今日は、ドラマがないな。廊下で熱いキスをするカップルもいなければ、ワゴンからごっそり盗む客もいない」

「退屈そうね」

キーフが悪戯っぽくニヤリとする。「そっちは、今日は退屈しなかったんじゃないか?」

「どういう意味?」

キーフはさらに意味ありげに笑う。「ジャマイカでは、サルは高い木にのぼると、ボロが出るって言うんだ」

「キーフ――どうして知っているの?」マリサは警戒した。

「神はお見通し」キーフは横目でモニターを見た。

「そうね」マリサは胸をなで下ろした。

キーフは肩をすくめてから、急に真顔になる。「でも、マリサ、あまり軽率なことをするんじゃないよ」

「ありがとう、キーフ」

「おやすみ、マリサ」


ブロンクスの家への帰りがけに、マリサとタイは中華料理のテイクアウトの店に寄り、夕食を買った。タイは地下鉄を降りてからずっと喋っているが、マリサは珍しくうわの空でうなずく程度だった。泥酔してブツブツと社会への不満を言っている街角の哲学者や、ローラーブレードで走り回る子供や、歩道に座り込んで煙草を吹かすティーンエイジャーで雑然とした通りを抜けて、二人は狭くとも居心地の良い家に向かっていた。

「タイ、今日したことは悪いことよ」

「でも、ママは嘘をつかなかったじゃない。厳密に言えば」

マリサは一〇歳の子が厳密という難しい言葉を使うのに苦笑する。「厳密かどうかの問題じゃない。誰かが勘違いしているとわかっていて、勘違いを正さないのは、嘘と同じよ。わかるでしょ？」

「だけど、悪いことは何もしていないよ」

「パーク・スイートの宿泊客だと思わせたわ。本当は、お掃除をしているのに。タイ、ママはメイドよ」

「でも、彼はお金目当てじゃないよ」

マリサはクスリと笑う。「ポケットから鍵を出して」

タイは鍵を取り出した。

「鍵を開けて。急いで、料理が冷めちゃう」


食事と風呂を済ませ、九時半にはタイをベッドに休ませた。マリサは電気を消す前に、いつもタイを抱きしめる。「ほんとに、あなたはいい子ね」

「だって、ママが素敵だもん」

マリサは腕をほどいて、タイを見た。

「アブエラがいつもそう言っている」

「あら、嬉しい」マリサはタイの毛布を折り、上掛けを重ねる。「あのね、ママは副支配人に採用されるかもしれない大切な時だから、いつもより慎重にしなくちゃならないの。だから、もうクリス・マーシャルのことは忘れなさい」

「どうして？　ママは別に違法なことをしているわけじゃないのに」

「タイ、だめよ。彼を見たら……」マリサはわざと怒ったような顔をした。

「心配しなくていいよ、すぐに隠れるから。目立たないようにする。あのおばさんが、ママたちに人目につかないように、と言っているね」

「ポーラ・バーンズのことね」

「魔女だ」タイはちょっと黙っていてから、マリサを見上げる。「でも、ママ、クリスがママを好きなのは、絶対に間違いない」

「どうしてわかるの?」

「ぼくが良い子だから」

「それじゃ、答えになっていない」

「ぼくは第六感が働くって、ママはいつも言っているじゃない。だから、わかるんだ」

「今回は大外れ。さあ、もう寝なさい」

「あれを歌ってくれる?」

「だめよ」

「一番でいいから、お願い」

「わかった、一番だけよ」

マリサはタイのベッドに入ると、彼を抱き寄せて、ロバータ・フラックの声を真似て「愛は面影の中に」を歌った。二番を歌うまでに、タイは眠りに落ちていた。

第三章　日曜日

フロント・ページ

マリサは前の晩、クリス・マーシャルのことを考えるとなかなか眠れなかった。ようやく眠ったかと思えば、夢にまで彼が出てきた。

マリサとクリスはベレスフォードのラウンジでカクテルを飲んでいるが、何故か、二人とも水着だった。次の場面、二人はキーフに案内されてジャマイカの魚市場をぶらつき、クリスが生牡蛎をマリサの口に入れる。そうかと思えば、今度はコニーアイランドのワンダー・ウィールに二人並んで座っていた。一振りごとに景色が変わる。最後に、クリスがマリサに優しく口づけすると……マリサはハッと目覚めた。

目が覚めると、ほてった体を冷やすように水を飲んだが、ベッドに戻り、眠りに落ちるとまた夢の連続だった。

おかげで今朝は理由もなく苛つき、マリサはついついタイに口うるさくなっているのに気づいて自重した。

今日もタイを連れてベレスフォードに行く。マリサがタイムカードを押していると、キーフが警備室で自分の隣にタイの椅子を用意してくれた。マリサはキーフが脇のテーブルに置いたデイリー・ニューズに目を留め、フロント・ページを見て腰が抜けるほど驚いた。

「キーフ、この新聞、借りていい？」

「あげるよ。地下鉄で読んできたから。載っているのは殺人事件にレイプ、役人の裏取引、映画スターの乱交。まったくなんて世の中だ、嘆かわしいね」キーフはマリサにウィンクする。

「でも、フロント・ページのニュースはなかなかいいよ」

「新聞をありがとう、キーフ」マリサはタイに投げキスをする。「あとで、ハニー。キーフの邪魔をしないようにね」

マリサは新聞をトートバッグに滑り込ませ、朝礼に急いだ。朝礼が終わると、ステファニーを脇に引っ張った。

「これ、見た？」

デイリー・ニューズのフロント・ページには、セントラル・パークを散歩するクリストファー・マーシャル、マリサ、ルーファスの写真がデカデカと載っていた。二人の数歩後ろにいるタイはカメラに背を向けている。見出しには『美女と犬のお供』とあった。

ステファニーはしげしげと見て、ニヤリとした。

「いい写真じゃない。すっごくいい男」

マリサは写真に映った自分を指さす。「ベクストラムがこれを見たらどうするの？　バーンズが気付くかもしれない。そうなったら、もう、悪夢よ」

「こう言うのも何だけど、これを見てもわからないわよ。それに、顔も隠れているし――」

「部分的に隠れているだけ」

「大丈夫、誰も気付かないから、心配はいらないわ」

「キーフには気付かれたみたい」

「そりゃそうよ。キーフはすべてお見通しだもの。彼は特別よ」

「フロント・ページよ、ステフ。世間の大勢の人に見られる！」

「いい加減にして。人生に一度くらい楽しんだって、地獄に堕ちやしない」ステファニーは新聞を返す。「堅いことは言わないで――人生は一度きりよ」

一緒にワゴンを取りにいきながら、マリサはうなずきつつ言う。「人生は一度きり。それはわかっている。だから、間違ったことはしたくないの」

ベレスフォード・ホテルのコーヒーショップでは、クリストファー・マーシャルが三人の有力な支援者と朝食ミーティングをしていた。そこへ、ジェリー・シーガルが見るからに苛立たしそうな顔で近づいてきた。新聞を丸めバトンのように振り回しながら、食事中の四人に声をかける。

「おはよう、皆さん。何か足りないものはありませんか？ ここのオムレツはおいしいですよ」シーガルはわずかに笑みを浮かべてマーシャルを射るように見る。「ちょっと、われらが候補をお借りしてもよろしいですか。失礼、すぐに無傷で返しますから」

シーガルは一番奥に行き、隣のブースに誰もいないことを確認してから、空いている席に座った。

マーシャルも続いて座る。「いったい、どうしたんだ、ジェル。ひどくピリピリしているじゃないか」

シーガルはマーシャルの鼻先に新聞を突きつけた。

「これだ。これが原因だ」

マーシャルは写真をジッと見て、クスリと笑う。『美女と犬のお供』とは、タブロイド新聞にしては洒落ている」

「いいか、よく聞いてくれ」

「嫌だと言っても、ダメなんだろ」

「冗談を言っている場合じゃない。これのお陰で、おれの仕事がどれほど増えるかわかっているのか？　この尻拭いをするのに丸一日かかる。もうワシントン・ポスト、ニューヨーク・タイムズ、シカゴ・サンからこの女の身元について問い合わせの電話が入ってきている。出馬に向けて、きみに有利な宣伝をしようと思っているのに、連中は彼女のことばかりを聞きたがる。クリス、これじゃ苦労が水の泡だ」

「そんなに悲観しないでくれ。彼女、素敵だと思わないか？」

シーガルはマーシャルを睨んで、首を振る。「呆れた。ときどき、きみの頭具合を疑いたくなる――」

「それは同感だ」

マーシャルは苦笑して、テーブルに戻った。

新聞記事の結果を心配しても、マリサにできることは何もなかったし、仕事をおろそかにするわけにはいかなかった。

マリサとステファニーは並んでワゴンを押し、アダムズ・スイートに行った。アダムズ・スイートはステファニーの担当で、泊まり客のランドルフ・シモンズはメイドをからかうことで有名だった。ステファニーはアダムズ・スイートの珍事を大げさに話して、いつもメイド仲間を笑わせていた。

ステファニーが警告する。「いい、何があっても、冷静に。きっと、今日もスッポンポン。昨日なんか、二時間のあいだに三度もフリチンと鉢合わせ」

「うっかり、を装って？」

「そうなの。いつもよ。『あ、失礼、人がいるとは気付かなかった』なんてニヤついているんだから、嫌になる」

マリサは苦笑してから、ため息を漏らす。「彼が発ってくれると安心するんだけど」

「誰？　ミスター・フル・モンティ？　あいつはあなたの担当じゃないよ」

「いいえ、クリス・マーシャルのこと」

「嫌ね、ぼんやりしないで」

「ごめん。考え事がたくさんあるから」

「勝手に願書を出したことを、まだ怒っているの？」

「怒っていない。むしろ、ありがたく思っている」

「じゃあ、何？」ステファニーはニヤニヤ笑う。「あなた、彼に恋したんでしょ？」

「好きになっても、どうにもならない」

「そのとおり。彼の恋人を見たことある？　お金持ちのすごい美人！」ステファニーは口笛を吹き、ワゴンからコスモポリタン誌を引き抜く。スーパーモデルのダニエラ・フォン・グラースが表紙を飾っている。「ダニエラ・フォン・グラース、オランダの名花。あなたに見せようと思って、昨日からずっとワゴンに入れておいた」

「二人は別れたのよ」

「ハニー、夢見る女学生みたいなこと言わないで。フロリダでお熱い休暇を過ごしたって書いてある。読んでみたら」

「別れたのよ。彼がそう言ったわ」

ステファニーは目を丸くする。「わかった——別れようが、別れまいが、どっちでもいい。だけど、頭を冷やして、現実的になって。彼と一緒にセントラル・パークを散歩して舞い上がる気持ちもわかるけど、今はようやく開けた将来に気持ちを集中させなさい」彼女は両手でマリサの顔をつかみ、引き寄せる。「あなたはチャンスをつかんだのよ、マリサ。今朝は、みんなが噂していた。メイドから管理職に登用されたら、今までにない快挙よ！　ガラスの天井を突き破るチャンスよ！」

「どうかな」

マリサは正直なところ自信がなかった。このままメイドで終わりたくなかったから、仕事を覚えるだけでなく、バトラー主任のライオネルの仕事ぶりから多くを学び、独学ながらも支配人職の勉強をして、いつかホテルの支配人になるというのが彼女の目標だった。だが、目標を持って励んでいるのは彼女一人ではない。職業、人種、年齢が違っても、ゼロから始めて経験を積み、技能を身につけて、ステップアップを目指す女たちはたくさんいる。そして、目標を達成するのはほんの一握りだ。女性管理職が増えてきたと言われていても、現実には、女が管理職への昇進を目指すときに、〝ガラスの天井〟という目には見えない人種的、性的偏見がまだまだ残っている。マリサは母親に強いことを言っても、彼女自身、現実を十二分に承知していた。

ステファニーが珍しく真顔になる。「マリサ、忘れないで、昨日のことは一〇〇〇にひとつの偶然。ハイクラスの男と並んで歩き、談笑し、ちょっといい気分を味わった。あなたがたまには羽目を外せて、正直によかったと思っている。でも、それは昨日の話。今日は現実に戻りなさい」トイレブラシをつかむと、マリサの鼻先に突きつける。「これがわたしたちの現実。そして、この現実から抜け出すために、ガラスの天井をぶち壊すの」ステファニーはトイレに足を向ける。「彼のことは水と一緒に流しなさい」

そのとき、不意に、スッポンポンのランドルフ・シモンズ——ぽっちゃりした体にはほとんど産毛がない——がトイレから出てきた。ステファニーとマリサを見ると、大げさに驚いて見せた。

「おお！」女性的なテノールだ。「誰もいないと思ったのに。失礼」

「ご冗談でしょ。同じことがこんなに何度も起きるなんて、妙じゃないかしら。同じことがこんなに繰り返されるのは、ただの偶然かしら」ステファニーはブツブツ言いながら、彼にタオルを投げる。「ご心配なく、ミスター・モンティ、いえ、シモンズさん、大したことじゃありません」

ステファニーとマリサはシモンズに背を向けて、目配せする。「ほんと大したモノじゃないから、見えなかった」

「またね、ステフ」マリサは笑いをこらえて、廊下に出た。

マリサはワゴンを押してパーク・スイートに行き、軽くドアをノックした。「ハウスキーピングです」

返事がないので、パスキーを使って扉を開けると、リビングルームではレオタード姿のキャロライン・レインと女友だちがエクササイズの真っ最中だった。二人とも床に仰向けになり、マジック・サークルと言われる小さなフラフープのような輪を膝のあいだにはさみ、輪の弾力で押し戻されそうになる両膝に目一杯力を入れ、呻いていた。四〇代前半と思える筋骨隆々のトレイナーが二人に号令をかけている。

「もっと両膝を締めて、骨盤を開いて」

マリサはドアを閉めようとする。「失礼しました。あとで参ります」

「いいのよ。わたしたちに構わないで」キャロライン・レインが膝を締め、歯を食いしばりながら言った。

女友だちはキャロラインより少し年上で、体は一回り小さく髪は栗色ながら、発散する雰囲気はそっくりだった。

「新しいタオルがほしいわ、ポル・ファボール」マリサを見下すように冷淡に言った。

「はい、マム」ワゴンから余分にタオルを取って渡した。

「締めて、もっと締めて」トレイナーの声はやや苛ついていた。

二人は唸ってエクササイズをしているが、キャロラインはトレイナーの声に集中できないようだった。

「……ゆっくりと締めて、ゆっくりと……力を抜いて」

不意に彼女の膝からマジック・サークルが外れ、勢いがついて飛んだ輪が、もう少しでマリサに当たるところだった。

「もう、嫌!」キャロラインが悲鳴を上げて起き上がると、息切れしていた。

「大丈夫?」友だちも起き上がった。

キャロライン・レインは首を振り、床を見つめていた。マリサはマジック・サークルをトレイナーに渡し、寝室の掃除から始めた。

「さあ、キャロライン」トレイナーが彼女にマジック・サークルを渡そうとするが、彼女は振り払った。首を振る彼女の頬に涙が伝わった。

「どうしたの?」女友だちはキャロラインの肩に手を置く。「ハニー? エリックのせいね?」

キャロラインはうなずく。「彼から一度も電話がないの」すすり泣き、ため息を漏らしながら続ける。「一度もないのよ、レイチェル。携帯電話にも、自宅の留守番電話にも、ホテルにも。我慢できなくて、夕べ、電話したわ。気が弱くなっていたんだわ、それに、ワインで酔っていたから。でも、電話なんか、かけるんじゃなかった。彼は一人じゃ……もう、いいわ。もう、やってられない」

「考え過ぎよ」レイチェルが言った。「あなたが留守にするのをいいことに、勝手なことをしているのね。あいつらしいわ」

トレイナーは両手を腰にあて、片足で床をたたきながら仁王立ちしていた。「バンドのエクササイズに移りましょう」

レイチェルはうなずき、長いゴムバンドで両足首を絞める。「キャロライン、話して、聞くわ」

トレイナーはゴムバンドを伸ばしてVの字を作った。

「電話でエリックと話していたら、女の声が聞こえたわ、あのメス豚!」キャロラインは怒りをぶちまけた。

「安ワインと言っていたダンサーね?」

「たぶん。でなくても、どっちにしろ、安っぽい女よ。前の彼女かもしれない」

「お安い女よ」レイチェルは呻きながら声を上げた。

「きっと、あの女だわ!」

「エクササイズはまだ終わっていませんよ」トレイナーは苛立ちを隠そうともしなかった。

そのとき、扉を控えめにたたく音がして、ライオネルが入ってきた。

「バトラー・サービスです、ミズ・レイン」

「あとにして!」レイチェルが彼を怒鳴りつけた。「今、手が離せないのがわからないの?」

ライオネルは少しも動じずに、キャロライン・レインに話しかける。「クリストファー・マーシャル様からご伝言です」

レイチェルがいきなり、上半身を起こす。「クリストファー・マーシャル?」キャロラインを見ると、彼女は子供のように手の甲で涙をぬぐっている。「あのクリストファー・マーシャルなの?」レイチェルがライオネルに確かめた。

キャロラインは涙で赤くなった目で、怪訝そうにライオネルを見た。

「ヨーク・スイートにご滞在のマーシャル様です。昨日、お部屋に届けた昼食のお誘いへのお返事をいただけないかと」

レイチェルがトレイナーを見て、かみつくように言う。「今日はここまでにして、ラス。ありがとう」

「彼が招待状を？」キャロラインはライオネルに訊いた。

トレイナーはレイチェルを無視し、ライオネルが答えないうちにキャロラインに言う。「一時間分の料金をいただきます」

「はい。昨日、お部屋に」とライオネル。

「わかった」トレイナーに返事をしたのはレイチェルだ。

「お二人から、それぞれ、一時間分の料金をいただきます」冷たい目でレイチェルを見た。

「結構よ。さあ、出ていって」

「昼食に？」キャロラインの声は急に元気になった。

「左様でございます」

トレイナーがあからさまに不愉快な顔をしてスイートから出ていくのを見て、レイチェルが唾を吐くように言う。「白人のクズ」

「どこで？」キャロラインがライオネルを見た。

「何でしょう？」

「どこで昼食を？」

「ヨーク・スイートでございます」

レイチェルがキャロラインにすり寄り、頬にキスをした。「ほらね、スウィーティ、神様の恵みよ」

キャロラインはライオネルを見つめ、彼の言葉が信じられないというようにまだ怪訝な表情をしていた。だが、バトラーまで巻き込むような手の込んだ悪戯をするだろうか、と考え込んだ。

「何と、お返事を申し上げればよろしいですか」

キャロラインはまだ黙っていた。

「いいわ」代わって、レイチェルが返事をした。「招待を受けると言ってちょうだい。それで、何時なの？」

「一時でございます」

マリサは寝室の掃除をしながら、ライオネルの声がかすかに皮肉っぽく響くのに気付くと、思わず顔が緩んだ。

「彼女は一時にうかがうわ。用事は済んだわね」レイチェルはまるで追い払うようにライオネルに手を振った。

ライオネルは一礼すると、出ていった。

扉が閉まるか閉まらないうちに、レイチェルは弾みをつけて立ち上がると、両手でキャロラインを引っ張り、立ち上がらせた。

「こんな誘いを受けるなんて、何があったの、キャロライン？ すっかり話して」

「去年の夏に、サザンプトンで顔を合わせたわ。あの時、確かにピンと来たのよ」キャロラインは驚きを隠して招待状を声に出して読む。「……あなたの時間を、一時間、ぼくにください……」

「なんて素敵なの。彼、きっと廊下であなたを見かけたのよ」レイチェルは羨ましそうに招待状を見た。

「そんなこと、どうでもいいわ。それより、何を着ようかしら？」キャロラインは有頂天で子供のように跳びはねた。

マリサは寝室の掃除を終えて、できるだけ壁際を歩き、できることなら部屋から出ていきたかった。

「マリア？」キャロラインが彼女を呼び止める。「お願いがあるの、大至急してほしいんだけど」

「何でしょうか」マリサはマリアと呼ばれても、敢えて、言い直さなかった。

「下まで走って、昨日、返品した服を取ってきてくれない？」キャロラインはレイチェルに向き直る。「最高に素敵なドルチェのカシミアのアンサンブルなのよ……」

マリサがおずおずと言う。「それでしたら、まだクローゼットにあります」ピクリと眉を吊り上げたキャロラインを見て、早口で続ける。「あの、お気持ちが変わるのではないかと……思いまして」

キャロラインはとたんに顔をほころばせた。クローゼットに走り、アンサンブルを取り出し、肩に合わせ、モデルのように行ったり来たりしてみせた。

「なんて、気が利くの！　あなた、パーソナル・アシスタントになれるわ」

レイチェルが口を曲げ、眉をしかめる。「嫌だ、ただのメイドよ、キャロライン」

「どっちだって仕事に大差はないわ。パーソナル・アシスタントのほうが、ちょっと聞こえがいいだけよ」

どちらを見るともなく、マリサは呟く。「もうすぐ、メイドから副支配人に昇進します」

キャロラインはマリサの言葉など無視して、クローゼットから服を出している。「どれがいいと思う、レイチ？　グッチのパンツにドルチェのアンサンブル？　それとも、ラルフ・ローレンのスカートに、ブルーノ・マリのパンプスを合わせる？」

「どれも最高よ……」

キャロラインはさまざまな服を体に合わせ、興奮で顔を紅潮させていた。

「そうねぇ」レイチェルは目を細めて、キャロラインを品定めする。「こうするといいわ――パンツに、オープントゥのパンプス、シースルーのブラウスに、色物ブラ、アクセントとして、ドルチェのコートを片腕にかける。絶対きれいよ」

マリサは高飛車なレイチェルが、色物ブラにシースルーのブラウスを着ているのに気づいた。

キャロラインがマリサを見る。「マリア？」

「何か？」

「よしなさいよ、彼女、ロクに英語も話せないんだから」

「売女《プータ》」マリサはスペイン語でささやいた。

レイチェルがマリサを凝視する。「今、何て言った？」

「何でしょうか？」

「気にしないで、マリア、あなたの意見を聞かせて」

マリサはレイチェルに睨まれながらも、キャロラインの服にざっと目を通す。「あのベージュのスカートに、クローゼットに掛けてあるかぎ針編みのホールターを合わせてはどうでしょう。カジュアルにしてセクシーです。ストッキングははかずに素足で、わたしなら絶対にコートはやめておきます。ランチデートを大げさに喜んでいるように思われかねません」目はキャロライン・レインから離さず、頭を少し脇に傾ける。「ああ、そうですね、シースルー・ブラウスに色物ブラでは、老けてしまうし、少し下心が露骨過ぎるような気がしますが、どうですか?」マリサはチラッとレイチェルに視線を移し、すぐにまたキャロラインを見た。

「キャロラインったら、彼女の意見を真に受けるの?」レイチェルは不愉快そうに鼻息を荒くした。

キャロラインはすましている。「ありがとう、マリア。もういいわ。忙しいんでしょ」

「はい」マリサは軽く膝を曲げて黙礼して、部屋から出た。

レイチェルの前で一回転するキャロラインの目は、期待で輝いていた。

「レイチェル・ホフバーグ、よく、聞いてちょうだい。エリックなんかお払い箱」キャロラインは高笑いする。「楽しみだわ。エリックなんて、どうでもいい男だったのよ」

人違い

マリサが休憩時間に警備室の様子を見にいくと、タイは数台のモニターの前にキーフと並んで座り、ベレスフォードの生活を興味津々で観察していた。

「ママ、まるで三つの見せ物が同時進行するスリーリング・サーカスみたいだよ。でも、演じる動物は着飾ったお金持ちだけどね」

マリサはタイが退屈せずにいるのに安心すると、急いで二二階に戻った。バトラーの仕事を学ぶために、貯蔵室に行き、ライオネルが在庫を調べるのを手伝うことになっていた。彼が読み上げる物品を書き留めていった。

「ペリエが二ケース、飲み物用ナプキンが二包み、コーヒーはレギュラーが一ケース、デカフェが一ケース」ライオネルは在庫を調べ終わると言う。「忘れずに印を付けておくように、ミズ・ベンチュラ。日付を入れて、署名する、いいね」

マリサは言われたように記入して、ライオネルに渡した。

彼はかすかにうなずく。「テーブル・セッティングとワインの給仕を実地訓練する。手始めに、ヨーク・スイートの昼食会をやってみよう」

マリサはドキッとして、警戒心で顔が歪んだ。祈るような気持ちで十字を切りたい衝動を必死で抑える。「二人で、ですか?」

ライオネルがマリサを鋭く見る。「できるな、大丈夫だね?」

マリサはやや口ごもる。「はい、もちろんです」しっかり務めますと言うように笑顔を作ろうとしたが、表情は堅かった。

二人がヨーク・スイートに入ったときに、クリストファー・マーシャルの姿が見えなかったので、マリサはひとまず安心した。手際よく食卓に食器とナイフ、フォークを置き、生花を飾り、キャロライン・レインの座る椅子に縫いぐるみのペンギンを置いた。食卓の準備が完了すると、ライオネルが彼女の仕事を入念に調べた。

水用のグラスの位置を直しながら言う。「水用のグラスはいつでも、ワイン・ゴブレットの北東三インチに置くこと」

「わかりました。すみません」

ライオネルはもう一度探るようにマリサを見た。

「気分でも悪いのか？　何だか落ち着かず、心ここにあらずみたいだが」

「昨夜、よく眠れなかっただけです。でも、心配はいりません」

ドア・ブザーが鳴ると、居間でルーファスが低く唸る声が聞こえてきた。

「ぼくが出よう」マーシャルが寝室から声を上げる。「おいで、ルーファス、ご婦人に挨拶に行こう」

ドアを開けると、立っていたのは犬の散歩を代行するネタだった。キャロライン・レインを出迎えるつもりだったマーシャルは少なからずがっかりして、苦笑した。

「やあ、じゃあ、ルーファスを頼む」

ネタが頭を軽くたたくと、ルーファスは外に出られることを喜んで、しっぽを振った。

「どれくらい散歩させましょうか」

「一時間、いや、二時間にしよう。意外に長くなるかもしれないから」マーシャルはにこやかに返事をした。

マリサは食堂の入り口に慎み深く立ち、チラリとマーシャルを見た。薄茶色のズボンに、オープンカラーの青いシャツを着て、ツイードの上着を羽織っている。マリサは笑顔を見せる上機嫌の彼を、改めてハンサムだと思った。

ああ、この場から抜け出せれば、救われるのに。彼がわたしに気づいたら、どうしよう。その先がどうなるかなんて、考えたくもないわ。

ネタがルーファスを連れて出て行こうとすると、キャロライン・レインが現れ、犬にぶつかりそうになって慌てた。彼女は入念に選んだスカートとブラウスを着て、マリサもハッとするほど魅力的だった。犬の一頭がすり寄ると、キャロラインは跳び上がり小声で言う。「シッ、シッ、寄らないで」

キャロラインはマーシャルがすぐそばにいることに気付くと、反射的にまばゆいばかりの笑みを浮かべた。

「動物好きな殿方なのね?」慌ててごまかした。

マリサは気付かれないように、眉をしかめて目を丸くした――嫌だ、いつもより随分上品ぶった話し方！

マーシャルはキャロラインをまじまじと見て、困惑している。「失礼？」

犬がこりずにクンクンと彼女を嗅ぎ回ると、キャロラインは指を振って、やや後ずさりする。「だめ、だめ」と鋭く言ってから、マーシャルを見て目を輝かす。「最高のお誘いだわ。二人だけでランチ。素敵！」

ネタは犬と一緒に出ると、扉を閉めた。

マーシャルまるで何か――あるいは、誰か――目に見えないものを探すかのように、色白で金髪のキャロラインを見つめた。「あなたはキャロライン？」マーシャルがその先を続けようとしたが、キャロラインが頬を突き出して挨拶のキスを求めた。マーシャルは困惑顔で軽く上半身を前に傾け、おざなりにキスすると、すぐに身を引いた。

キャロラインは優雅にしなやかに、食堂へと進む。「去年、サザンプトンのテニス・トーナメントでお会いしたときに、ピンと来たのはわかっていたわ。あら――」ペンギンの縫いぐるみを手に取る。「覚えていてくださるなんて、優しいのね」

セントラル・パークの動物園でペンギンを、タキシードを着た小太りの男のようだと言ったのは、浅黒い肌に黒髪のキャロライン・レインだった。マーシャルは驚きを隠せずに彼女を凝視した。見つめていれば、目の前の女が彼の期待した女に変身すると思っているかのようだ。

マーシャルは前にいる金髪女に何を言えばいいのか、どう対処すればいいのかわからなかった。何よりも重大な疑問が心に浮かんだ――いったい、きみは誰なんだ？

「でも、わたしだって忘れていなかった」悠然と歩きながら話す。「去年の夏、特別なものを感じたから……」

マーシャルは救いを求めるような表情でライオネルを見たが、ライオネルは無表情で応えるだけだった。

キャロライン・レインがマーシャルの袖に触れる。「ああ、そうだ、テディ・パリッシュがよろしくと言っていたわ」

マーシャルは少なくとも彼女がテディ・パリッシュの知り合いだとわかった。もっとも、彼はプリンストン時代の間抜けなクラスメート、パリッシュと関わりたくなかった。「テッドか。彼は元気？」

「また、アルコール依存症よ。でも、わたしが話したなんて言わないで。テディはとっても気弱だから」キャロラインはほほえみを絶やさずにゆっくりと居間に入り、カウチにゆったりと腰をおろした。

「ちょっと失礼、確かめることがあるので」

マーシャルが食堂にいるライオネルに近づいてくると、マリサは慌ててクルリと背を向け、準備で忙しそうにした。

「あの女性は何者だ?」マーシャルはキャロラインのいるほうを目で示し、ささやいた。

キャロラインは首を伸ばし、壁際のテーブルに置いてある封筒に気付いて、読もうとした。カウチの端まで腰を動かし、月曜に開催されるマドックスの慈善パーティへの招待状を手に取り、ざっと目を通すと元に戻した。

マリサは目立たないように、ずっとキャロラインの様子をうかがっていた――まあ、何かを盗み見をしている! 彼女のような女は行儀が悪くても、誰からも叱られたことがないに違いないわ。

「彼女は知らない女性だ」マーシャルがライオネルに言う。「知っていたとしても、面識がある程度だ。一番わからないのは、わたしがここに招待した女性は彼女じゃない。いったい、彼女は誰なんだ?」

「キャロライン・レイン様です」

「違う」マーシャルはムキになって首を振る。「彼女はキャロライン・レインじゃない」

ライオネルは咳払いする。「恐縮ながら、キャロライン・レイン様です」

マーシャルは当てはまらないジグソーパズルを解いているような気分になった。

「クリス?」キャロラインが甘えるような尻上がりの抑揚で、親しげに名前を呼ぶ。「ニューヨーク・タイムズのあなたのコメント、気に入ったわ」彼女はカウチを軽くたたく。「こっちへ来て、座らない？」

マーシャルはもう一度ライオネルを見るが、その表情からパズルを解く手がかりは得られなそうだとわかると居間に戻った。やや距離を置いて、キャロラインの横に座った。

「かなり奇妙なんだが」マーシャルは何気なく切り出した。

「何が奇妙なのかしら？」キャロラインはマーシャルにすり寄った。

「出会ったまま、居所がわからない人がいるんだ」

「わたしの知っている人？」

「そう。昨日、あなたの部屋を訪ねてきた人だ。彼女はラテン系というか、地中海系というか、一〇歳くらいの少年が一緒だった……」

ライオネルは食卓を用意する手を止め、マーシャルを見つめてから、ゆっくりとマリサに厳しい顔を向けた。彼女は銀器を磨くのに忙しくてそれに気づかなかった。

キャロラインは不思議そうな顔をする。「レイチェル・ホフバーグかしら？　ラテン系、もしくは地中海系？　違うわね、彼女はウエストポート生まれのユダヤ系だから。レイチェルといえば、彼女、このところおかしいのよ。きっと更年期前症候群ね。あら、これ、わたしが言ったなんて内緒よ」

マーシャルは訝《いぶか》しげな表情で深くため息をつき、目の前にいる女性と彼女の浅薄な話にだんだん苛ついてきているのを何とか隠そうとした。

この人は、ここで何をしているんだ？ そもそも、招きもしないのに、どうして彼女がここにいるんだ？ どうすれば、追い払えるだろう？

勝手に喋っているキャロラインに耐えられなくなり、マーシャルは切り出す。「あなたはパーク・スイートに泊まっているんですね？」

「ええ」キュートにほほえむ。「ご存じよね」

マーシャルは肩をすくめる。「こんなおかしなことが……」

ヨーク・スイートの簡易台所で、マリサは昨日の嘘が暴露されることを恐れ、ビクビクしながらも麻のタオルを折り畳み、氷の入った銀製バケツで冷やしてあったブルゴーニュ・ワインを丁寧にくるんだ。ライオネルが彼女を監督し、注意深く見守っていた。彼女に何か言おうとするが、思い直して、口をきつく結んだ。居間から二人の声が聞こえ、しばしば、明確に単語が聞き取れたが、話しているのはほとんどキャロラインだった。

「タオルをしっかりボトルに巻いて」ライオネルが沈黙を破った。

突然、マーシャルが入ってきたが、頭が混乱してすっかり表情は曇り、後頭部の髪は苛ついていじっていたために、ツンツンと立っていた。

「ライオネル」ささやくように話す彼の声は切羽詰まっていた。

マリサは近づいてくるマーシャルに驚き、顔を見られないように慌てて背を向けた。

「はい？」ライオネルは冷静に返事をした。

「わたしが招待したのは、五フィート六インチくらいで、黒髪の可憐な人だ。美しいと言ったほうがいいかもしれない。彼女にはタイという名の息子がいる」ライオネルがタイの名を聞き、ピクリと眉を動かしたのに気付かずに、マーシャルは続ける。「こんなはずではなかった。何が何だかわからない。彼女は今、どこにいるんだろう？　頭痛がしてきたよ」

ライオネルはようやくマリサがソワソワしていた理由を理解した。鋭くマリサを一瞥《いちべつ》してから言う。「手違いがありまして、申し訳ございません、マーシャル様」

「詫びはいいから。彼女を見つけてほしいくらいだ」

マーシャルが嫌々ながらも居間に戻ると、キャロラインが誘うように横のクッションをたたいた。マーシャルは仕方なく彼女の隣に座った。

「あなたのスピーチは素敵よ。わたし、追っかけているの」

「追っかける？」

キャロラインは高笑いする。「いいえ、新聞のことよ。さっきも言ったでしょ、ニューヨーク・タイムズのインタビューはよかったわよ」

「先程聞いた」

「政治って面白いに違いないわ」

「いや、それは違う。政治は基本的には売り込みと同じだ。考えを売り、自分自身を売る。華々しいことはない」

「わたしの水晶占いでは、あなたには輝かしい未来が開けている」

マーシャルは片手を上げる。「やめてくれ」

「マーシャル様、昼食でございます」ようやくライオネルが食卓に案内した。

食卓につくと、キャロラインは満足げに見渡す。「何から何まで立派だわ」

マーシャルはうなずき、ライオネルがワインを注ぐのを憂鬱そうに見つめた。

「実は、ブフワルドの遺産を押さえるために来ているの」キャロラインが声をひそめる。「クリスティーズは遺産をすべて確保したと思っているけど、サザビーズは諦めていない。明日の午前中に、大伯母と会う算段をつけている。宝石だけで五億ドルは下らないわ」

「ほお?」マーシャルは相槌を打つものの、ほとんど話を聞いていなかった。退屈な会話に落ち込むばかりだった。

「わたしのことより、もっとあなたのことを聞きたいわ」キャロラインは媚びるような声で言った。

「とくに話すようなことはない。わたしの生活は月並みで、退屈なことの繰り返しだ」

「新聞によれば、必ずしもそうじゃないけど」クスリと笑った。

マリサがサイドボードに皿を運んでいくと、ちょうど横を向いたキャロラインが彼女に気づいた。

「あら、マリア」

マリサは額に冷や汗がにじみ、テーブルに背を向けたままで、まともに彼女と目を合わさなかった。「はい?」いつもより低い声を出した。

「グラスに氷を入れてくれない?」グラスを持ち上げた。

「畏まりました」

マリサは返事をしながら、心で祈っていた——ああ、神様、お助けください、どうか、この急場をお救いください! 頭が真っ白になり、ノロノロと振り向こうとすると、ライオネルが一歩進み出る。給仕ワゴンからボウルとスプーンを取り、すばやくマリサとテーブルのあいだに入った。

「よろしいですか」

バトラー主任の予期しない行動に、マリサは驚いた。

ライオネルはキャロラインのグラスにいくつか氷を足したが、眉ひとつ動かさない表情から心の内は読めなかった。向き直ると、マリサと目を合わせずに言う。「ここはもういい、ミズ・ベンチュラ」

マリサはすぐにでも走り出したい気持ちをようやく抑え、目を伏せてヨーク・スイートを出ていった。


午後遅く、ロッカー室で、マリサは制服から私服に着替え、レインコートに袖を通してベルトを締めた。天気は変わりやすく、雨が降りそうな気配だった。予備としてロッカーに掛けてあるウィンドブレーカーをタイに渡した。

「これを着なさい。パーティの時、服が濡れていたら嫌でしょ」

「外は雨じゃないよ」

「雨が降りそうなの。だから、念のために、着なさい」

タイは壁にかかる月間優秀従業員の写真を見て、その下の板に記された言葉を読んだ。

「ねぇ、ママ。これ――つねに目立たぬように努める――どういうこと？　なんか、ちょっと不気味じゃない？」

マリサはタイにウィンドブレーカーを着せて、チャックを上げる。「さあ、どうかな。タイ、行こう。用事がたくさんあるんだから」

二人はベレスフォードの地下を早足で通り抜けた。

「あれっていいことなの？」

「何のこと？」

「目立たないこと」

「文字どおりの意味じゃないのよ。身の回りの世話をさせても、誰がそういうことをしているのか知りたくない人もいるの」

「そっちのほうが何か変だよ」

「まあね、でも、それが現実なの」

「だけど――」考え込む。「ぼくはママが何かしてくれたら、気づかない振りはしたくない、当然だろ」

マリサはタイの手をギュッと握る。「ハニー、いい子ね」二人は手を繋いで通路を進んだ。

警備室まで来ると、キーフがモニターでさまざまな階を点検し、出入りする人々を観察していた。マリサとタイが横を通ると、キーフが顔を上げた。

マリサはうなずき、キーフにウィンクしてニヤリとする。「ちょっとバーンズ＆ノーブルまで行ってくる」

キーフの顔にゆっくりと意味深な笑みが浮かぶ。「今日も面白い一日だったんじゃないか、マリサ?」

「どうかな。そうだった?」

「とぼけて」さらにニヤリとする。「二二階で素敵な昼食だったんじゃないか?」

マリサは急に警戒し、片目を細めてキーフを見る。「何? 謎かけみたい。何か言いたいことがあるの?」

キーフはゆっくりと話し出す。「何回、一緒にモニターを見たかい? 何回、金持ちや権力者の行状を見て、楽しんだかな?」

「何千回も」タイが悪戯っぽくマリサを見た。

「それで、今日は何を見たんだったかな、坊や」

「ウーン、ちょっとしたドラマ」

マリサは顔色を変えて二人を睨む。「タイ、向こうで、待っていなさい。ママはキーフと二人だけで話がしたいから」

「でも、ママ、キーフは何も――」

「タイ! 向こうに行きなさい」

タイは数フィート離れたが、マリサがキーフに近寄って話し出すと、何とか話を聞き取ろうとした。

「はっきり言ってちょうだい、神様」

「言わなくてもわかっているだろ、マリサ」キーフは鼻にかかった声でゆったりと話す。「わたしには従業員の不適切な行動を報告する義務がある」

マリサはじっとキーフを見つめて、笑っていいのか、怒っていいのかわからなかった。彼女の知るかぎりでは、キーフは長年務めてきて、ただの一度も管理側に告げ口をしたことはなかった。

「この口を黙らせる方法はひとつしかない」キーフの顔は珍しく厳しくなった。

「それは何なの、キーフ?」マリサの顔も緊張した。

キーフは真っ直にマリサの目を見ると、ニヤリと笑い、それから両目を閉じ、身を乗り出して頬を指さした。彼女は緊張が緩んでため息を漏らし、思わず笑みを浮かべると、タイがクスクス笑っているのが聞こえた。

マリサはキーフの頬にキスする。「嫌ね、スケベオヤジ」

「モニターを見て十分に楽しんだな、坊や?」キーフはタイに親指を立てた。

「すっごく楽しかったよ、キーフ」

マリサはタイの手を取る。「困った子ね。二人とも図に乗らないで」

外に出ていく二人に、キーフは声をかける。「マリサ、パーティで踊っておくれ。口止め料だよ」

マリサは振り向かずに、首を振りながら苦笑した。

キャロライン・レイン探し

マリサはタイとバーンズ＆ノーブルで本を買うためにベレスフォードを出ようとした時、ロビーで例のフランス人老女モニークとアヌークがチェックアウトするのを見かけた。取り澄ました顔でベルマンが手荷物を運びに来るのを待っていると、ジョン・ベクストラムと遅番のメイドが人目につかないように近づいていった。

「快適に過ごされましたでしょうか」ベクストラムが慇懃に声をかけた。

「素晴らしかったわ」とモニーク。

「素敵なホテルだったわ」とアヌーク。

ベクストラムはロビーをうかがうように素早く見渡してから、彼女たちのショッピングバッグに手を入れ、テリークロスのバスローブを三着取り出した。

「申し訳ありませんが、バスローブは無料ではございません」

「あらそう」モニークが荒い鼻息で言う。

「請求書に追加させていただければ……」ベクストラムは控えめな言い方をした。

「有効に活用したほうがいいと思いましてね。ホームレスにあげるつもりでしたのよ」アヌークはまったく動じずに言った。

ベクストラムは作り笑いで応えるが、いつものようにへりくだった笑みではなく、目は鋭かった。「興味深いお話でございます。ホームレスにバスローブですか」

遅番のメイドはベクストラムに何かささやいた。

「ああ、わかった」ベクストラムはうなずき、改めて二人を見る。「銀製のソープ・ディッシュは売り物ではございませんが」

モニークはそれでも傲慢さを崩さず、あくまでも体裁を保とうとする。「手数でなければ、それも請求書に追加してちょうだい、ベクストラム。わたしたち、急いでいるの」

「畏まりました、奥様」

ベクストラムは軽く礼をし、そのとき、キャロラインがレイチェルと一緒にコンシェルジェのデスクに行くのを目の隅でとらえた。

「パーク・スイートのキャロライン・レインよ」よく通る声で言った。

「何でございましょう?」コンシェルジェは礼儀正しく応対した。

「明日の夜に催されるマドックスの慈善パーティの切符をお願いしたんだけど」

「承っております」コンシェルジェはカウンターの下からベレスフォードのロゴが入った封筒

を取る。「マーシャル様のお隣のテーブルに席をお取りできました」

「あら、彼と同じテーブルじゃないの？」

「それは難しいかと存じます、マダム」

キャロラインはため息をつき、舌打ちする。「おいくら？」ピシャリと言った。

「三〇〇〇ドルでございます」コンシェルジュは一拍置いて続ける。「カップルでないと少々お高くなります。シングルはお席を取るのが難しいのです」

キャロラインはいきなりカウンターに身を乗り出し、金切り声を上げる。「それ、どういうこと？　わたしが別れたって、インターネットで評判になっているとでも言うの？」

「マダム、お席のことでして――」

「ホテル中が知っているの？」シングルという言葉にカッとして、すでに他人の言葉は耳に入らない。「わたしの額に汚《けが》れたという印でも付いている？　未婚の女と刻印されているとでも言うの？」

「キャロライン、落ち着いて」レイチェルが彼女を抑えた。

「シングルの切符のことを申し上げたのでございます」コンシェルジュは、何事かと言うように鋭く見ているベクストラムを、不安げに見た。

「何よ！」キャロラインはレイチェルを睨んだ。

「切符のことよ、あなたのことじゃないわ」レイチェルは声をひそめる。「人が見ている」キャロラインはハッとする。「わかった。そうね」コンシェルジェを見ると、何とかほほえむ。「部屋につけておいてくださるわね」

「畏まりました、マダム」なるべく彼女とは目を合わせないようにした。

キャロラインとレイチェルがカウンターから離れると、すぐにベクストラムがそばに寄ってきた。

「何か問題でもあったのか」

「いや、ふられた女のヒステリーでしょう」コンシェルジェは肩をすくめた。

キャロラインとレイチェルが外に出ると、ちょうどマーシャルとジェリー・シーガルがタウンカーに乗り込むところだった。

「まずい、彼女だ!」マーシャルは慌てて車に滑り込み、頭を下げて、窓から見えないようにした。

「誰なんだ?」

「あの女だ。昼食にやってきたモンスターだ。見つかったかな?」

「大丈夫、気付かなかった」

マーシャルは大きなため息を漏らす。「なんであんなことになったんだろう? まるでフランスの茶番劇だ。絶対に説明が付くはずなんだが」

「なかなか魅力的じゃないか」

「そうかい。だけど、好きなタイプじゃない。ぼくが昼食に招待した女性じゃない。それに、ああいう女性をぼくは魅力的だとは思わない。社交界ズレして、ああいうタイプはたくさんいる」

「おれは悪くないと思うがね、まあ、好みはそれぞれだから。支配人に確認したが、彼女は確かにパーク・スイートに泊まっているキャロライン・レインだそうだ。ついでに言えば、ベレスフォードに滞在するキャロライン・レインは彼女だけだ。以上」

タウンカーが交通量の少ない日曜の午後の通りを進んでいき、マーシャルは浮かない表情で窓の外を眺めた。すると、いきなり、背筋を伸ばして窓の外を指さす。「いた！　キャロラインとタイだ！」

二人は角を曲がり西のマジソン街に向かっていた。

「脇に止めてくれ、運転手」マーシャルは身を乗り出した。

車寄せに完全に停まらないうちに、マーシャルは車のドアを開けさせ、飛び出した。

「やあ、待ってくれ！」

「あれ、クリスだ……」振り向いたタイは満面に笑みを浮かべ、マーシャルに近寄るとハイファイブで挨拶をした。

マリサは驚き、穴が開くほどマーシャルを見た。

「こんな信じられないことって、あると思うかい？」マーシャルはマリサにいきなり疑問をぶつける。「今日、あなたを昼食に招待した。キャロライン・レインは来たけれど、あなたではなかった。どういうことなんだろう？」

「わたしこそ、わからないわ」マリサの言葉は歯切れが悪かった。

「バトラーのライオネルはあなたが招待状を受け取ったと言っていた。ところが、自称キャロライン・レインなる女性が昼食にやってきたが、ぼくが招待したのは彼女ではない。あなたを招待したんだ」

「そう言われても、わたしにも謎ですね」

「まだベレスフォードに滞在しているんですか」

「いえ――実はアップタウンに移ったんです。かなりアップタウンに」

「それなら、ちょうどいい。車に乗ってください。どこへでも送りましょう。これからハーレムに行くから。どこに行けばいいのかな――アッパー・イーストサイドですか」

「いえ、ご親切に、ありがとう。でも、この近くでパーティがあるし、これからバーンズ&ノーブルに行くところなんです」

「そう――それなら、連絡先を教えてくれませんか?」

マリサは自分をとらえて離さず、完全に無防備にするマーシャルの目を見ないようにした。彼にそばに寄ってほしくなかったし、彼女の生活から締め出したかった。その一方で、彼のことを考えていた時に、実物のマーシャルが現れたことに感激した。

タイがマリサに代わって答える。「ママの携帯電話の番号は九――一――七――」

マリサが慌ててさえぎる。「わたしのほうから電話します」

ジェリー・シーガルが走り寄ってきて、マリサに名刺を渡す。「マーシャル氏への連絡ならわたしを通してほしい。失礼だが、お名前は?」

「レイン」マリサではなくタイが答えた。「あなたは?」

「シーガルだ」腕時計で時間を確かめる。「クリス、急ごう。遅れるのはまずい」

マーシャルがマリサの手に触れたとき、彼女はその熱い視線を痛いほど感じた。「きっと電話をください、キャロライン」

マリサはシーガルの名刺をポケットにしまい、ほほえんだ。

「さあ、行こう、クリス。スピーチをするのに遅れるわけにはいかないだろ」

「ハーレムで? 何をスピーチするの?」マリサが興味を示した。

「住宅開発について」マーシャルは軽く返事をして、何気なく続ける。「如何にして、住宅開発地区をもう一度活性化させるか」

「そうなの」マリサは小さく笑う。「ハーレムの人に住宅開発について話す……低所得者住宅から抜け出せない人を相手に？　それは……面白いわ」その口調は懐疑的とも嘲笑的とも、解釈できた。

「そうだろう」シーガルは苛ついている。「クリス——さあ、もういいだろ、行くぞ」

マーシャルは車に乗ろうとするが、ややためらい、マリサを振り返る。「本当は何を言うつもりだったの、キャロライン？」

マリサは深く息を吸い込む。「別に」

「話してみて」マーシャルはもう一押しする。「あなたの考えを知りたい。嘘じゃない」

「彼に話しなよ、ママ」

「それなら」マリサはためらいがちに始める。「つまりね、お二人は低所得者住宅でしばらく過ごしてみるといい。さっと通過するだけじゃわからない。住民のことを知り、彼らと話し、そこでの生活がどんなものか肌で感じるといい。しばらく滞在し、スピーチをするんじゃなくて、住民が話すことを聞くの。そうすれば、スピーチを暗記する必要はない。自然に言葉が出てくる——正直な言葉が心から湧き上がってくる」

マーシャルは首を振り、その青い目はマリサの目をじっと見入る。「とても雄弁だ。正直、返す言葉がない。政治家を黙らせたら、怖いものはないよ」にっこり笑った。

「あなたは黙っていない」マリサも笑顔を返した。

「本当に滑らかで説得力があった」

シーガルがいきなりかみつく。「そのほうの専門家なのかね、ミズ・レイン？」

「わたしはあそこで育ったの」

マリサの返事にシーガルは渋い顔をし、マーシャルは興味をそそられたようだ。

「あの集合住宅に住んでいたんです。わたしの知らないことをあなた方が教えてくれるとは思わないし、あなた方のような善意の人たちから何千回も聞かされた改革案しか出てこないでしょう」マリサはマーシャルから目を逸らす。「それじゃあ」

マリサとタイはマジソン街に向かって歩き出した。

車が走り出すと、しばらく、シーガルとマーシャルは黙っていた。マーシャルは座席に深く沈み込んで、両目を閉じた。

先に口を開いたのはシーガルだ。「あの女はいったい何者だ？」

「大した女性だ。あんな女性に出会ったのは初めてだ。彼女はまやかし者じゃない。理論で武装していないし、つけ焼刃の教養をひけらかすこともない。他人を見下したりしない。ひとつだけはっきりしているよ、ジェリー――彼女は本物だ」

「呆れたな、馬鹿なことを言うな。あの手の女こそ胡散臭い」

「そうかな」マーシャルは座り直して、シーガルのほうを見る。「ジェリー、ひとつ仕事をしてもらいたい」

「何なりと、ボス」

「仕事というより取引だ。絶対に断れない取引だ」

「本当か？　言ってみてくれ」

「明日の慈善パーティにぼくを出席させたいんだな？　それなら、彼女にぼくの招待を引き受けさせるんだ」

「今の彼女か？」

「そうだ。きみがうまくやってのけたら、きみのお望みどおり、マドックスと握手でもなんでもすると誓う。取引するか？」

シーガルは少し考えて、呟く。「交渉がうまいな」

「イエスかノーか？」

シーガルはため息をつき、手を差しだす。「取引に乗った」

「よし」マーシャルはニヤリと笑い、シーガルと握手をした。

午後六時には、ベレスフォードのカフェテリアで、元副支配人クリスチーナ・ハワードの送別パーティが盛り上がっていた。のりのいいダンス音楽がフロアに流れているが、仕事時間ではないのに、ホテル内のカースト制は歴然としていた。メイドはメイドで集まり、ドアマンはドアマン同士、厨房のスタッフは厨房のスタッフで固まり、繋ぎ服を着た修理係はビールが並ぶテーブルを囲み、賭けでサイコロゲームをしている。ルームサービスのウェイターがメイドと踊っている一方で、バトラーは踊りの輪に参加するより眺めているほうが多く、ベレスフォードのカースト制で比較的上位をしめていることを意識するかのように、ほかの従業員ほど浮かれていないようだ。こういう機会に、管理職が作り笑いと適当な会話で現場の従業員と付き合うのは身分の高い管理職《ノブレス・オブリージ》の義務と心得て、さまざまなグループのあいだを自由に動き回るのは支配人だけだった。

タイはＤＪのマグジー・ゴーディを手伝い、楽しげにＣＤを渡していた。ダンスフロアは人で埋まり、マグジーの選曲のよさで踊りのボルテージは上がっていた。

マリサとステファニーは近くのテーブルでフロアを眺めていた。「いい曲」マリサはノラ・ジョーンズの歌に合わせて軽く体を動かす。「踊りたくなるわ」

「今夜はいつもと違うじゃない」

「まあね、気分がいいの」

ステファニーがＤＪに叫ぶ。「ちょっと、マグズ、ずっとこれを流して。マリサとわたしが新しい踊りを披露するから」

「いいね、マリサが踊るのを見たい」マグジーが叫び返した。

「見てから、後悔しても知らないわよ」マリサは笑った。

「座っていちゃだめだよ。さあさあ、踊って」マグジーがウィンクした。

「ちょっと、マリサ」ステファニーが彼女をそっとつつく。「ラザニアの皿の近く、四時の方向をよく見て」

がっしりした大柄で口髭の男がビートに合わせ、腰を動かしていた。

「ちょっといい男だと思わない？　種馬って感じ」

「またぁ？」マリサは男をチラリと見る。「ワーキングクラスのヴァレンチノね」

「どうお？」

「わたしの好みじゃない」

「船乗りのティート。ニューヨークにいるのは二日だけ。ちゃんと調べてあるの」

「さすが尻軽女」マリサはクスリと笑った。

「健全な性欲のある好色女と言ってほしいわ」

「ステフ」マリサが急に声をひそめる。「伝言板のそば、七時の方向を見て」

ステファニーが目を向けると、入口でライオネルが観察するように様子を眺めていた。

「お偉いライオネル・ブロッホね。彼がどうかしたの？　あの顔は、昼間に見飽きている」

「どうして今頃来たんだろう。彼のこと心配だわ」

「どうして？」

「彼を好きだから」

「嘘！　わたしは嫌い。血も涙もない嫌な奴」

「感情を表に出さないだけだと思う。それに、最近、具合が悪いみたい」

「酒の飲み過ぎじゃない」

「ただの噂でしょ」

「本気で言っているの？　あいつの息、すごく臭いよ」

「午後はずっと姿を見かけなかったけど、そんなことめったにない。何かあったのよ」

「どうでもいいじゃない。なんであなたが、くだらないオヤジのことを心配しなくちゃいけないの？　あいつ、あなたのことをチクるかもよ。ベクストラムが彼に目を光らせているから」

「どうして？」

「老いぼれライオネルは手が震えている。みんなが彼をアル中だと知っている。気付いていないのはあなただけ。お酒をやめられないようなら、首になるかもしれない、とみんなが噂をしているくらいよ」ステファニーはグラスを飲み干す仕草をした。

マリサは首を振る。「信じられない、ステフ。彼はあまり人付き合いがよくないから、いろんなことを言われるだけよ。仕事に誇りを持ち、支配人になびいたりしない。きっと病気に違いない」

「頭がおかしいんじゃない。あんな奴に情けをかけるなんて」

「仕方ないでしょ。彼を好きなんだから。それに、今日の午後、彼に助けてもらったわ。助ける義務などなかったのに……」

ステファニーは、現場の従業員に適度に愛敬を振りまいているベクストラムのほうに、頭を傾ける。「現実を見なさい。ライオネルはあの連中の仲間なんだから。自分が不利になれば、他人を犠牲にする」パンチを一口飲むと立ち上がる。「さてと、ちょっとご近所付き合いをしてこようかな。ティートが寂しそうにしているから、今がチャンス。あなたも、適当な相手を見つけなさい」

ステファニーはブラウスをスカートに押し込み、ざっと点検すると、マッチョな口髭男に近づいていった。カフェテリアの中に入り、パンチボウルのそばに行こうとするライオネルとすれ違ったのに、彼女は気づきもしなかった。

マリサがライオネルを見ていると、彼の横にすっとベクストラムが並び、その手に触れた。

両脇に下げたままのライオネルの手は震えていた。

「ベクストラム支配人」マリサは彼に声をかけ、ライオネルから注意を逸らし、パンチのグラスを差し出す。「どうぞ」と笑顔を添えた。

「ああ、ありがとう、ミス・ベンチュラ」ベクストラムは一瞬意外そうな顔をしたが、マリサからグラスを渡されて悪い気はせず、極上の笑みを見せた。それから、もう一度ライオネルを見るが、すでに笑みは消えている。「ライオネル、明日、話がある」

「わかりました」ライオネルは仕事中と変わらず、礼儀正しく返事をした。

ベクストラムがほかの人たちに声をかけて移動すると、マリサはライオネルにパンチのグラスを差し出した。

「気分でも悪いんですか」

「いや、平気だ。ありがとう」グラスを受け取り、冷淡に言う。

「今日のことを説明しようと思いまして……」マリサはぎこちなく切り出す。「妙なことというか、不適切なことだとはわかっていますが……」巧く話せなかった。

「何の話だか見当がつかない」ライオネルが口をはさむ。「わからないままにしておいたほうがいいだろう」

ライオネルは口を付けずにパンチのグラスをテーブルへ置くと、スティービー・ワンダーのバラードに合わせてスローなダンスを踊る人たちの邪魔にならないようにゆっくりと入り口に引き返した。帽子をかぶり、彼がパーティをあとにするのを、マリサは見守った。

第四章　月曜日

ライオネルの魔法

翌月曜日の朝は、三連休の最後の日だったが、ベレスフォードの朝はいつもと変わらず全従業員が集まる朝礼から始まった。例によって、ポーラ・バーンズが一日の予定を読み上げたが、その直後に、マリサの世界が引っくり返る出来事が起きた。ジェリー・シーガルがロッカー室の出入り口でキョロキョロして、何かを探っているように見えた。

「まずい」マリサは荒い息をしてステファニーを見る。「隠して」

マリサはステファニーと体格のいいクラリスの後ろに回った。

「隠れん坊でもしているの?」クラリスがチラッと出入り口に目をやる。「それとも、入り口に突っ立っている変態を避けているの。見るからに、ストーカーって顔をしているね」

「静かに」マリサが小声で言った。

「みなさん、よく聞いて」ポーラ・バーンズが声を大きくする。「シャピロ様ご一家が早めのチェックインを希望しておられるので、ディオール・スイートにお通しして……」

ステファニーがささやく。「もう平気よ。いなくなったから」

マリサがステファニーとクラリスのあいだから戸口のほうに顔を出したとたんに、シーガルが戻ってきた。「嫌だ、また来た」

シーガルはライオネルを見つけると、何か話し込んだ。

「あらあら」とステファニー。

「嫌な予感がする」マリサの声は震えていた。

「確かに妙な雰囲気ね」クラリスが怪訝な顔をした。

シーガルが一方的に話し、ライオネルは黙ってうなずいていた。シーガルが立ち去ると、ライオネルはいつもどおり顔に感情を表さずに朝礼に戻った。

「ニューマンご夫妻はレイトチェックアウトで、ハドソン・スイートを四時まで使用されます……」

ポーラ・バーンズが話しているあいだに、ライオネルはマリサを見つけると、目で外に出るように合図した。

朝礼が終わり、マリサは堅く口を結び、いかめしい表情をしたライオネルについていくと、彼はエレベーターのボタンを押して、屋上に行った。屋上に出ると、遠くで煙草を吸っているベルマン以外には、誰もいなかった。

を差し出した。

「どうかしたんですか、ブロッホさん？」

ライオネルは一瞬彼女を見つめてから、〝ミズ・キャロライン・レイン〟と刻印された封筒

マリサは文字が盛り上がっている封筒を指でなでる。「これは？」

「わかっているはずだ」

マリサはうなずく。「はい」

「今夜の慈善パーティにきみが出席しなければ、どうもわたしの首が危なそうだ」

「シーガルさんが圧力をかけているんですね。ひどい」

「圧力をかけるのはわたしだけではないはずだ」

マリサはハッと手を口に当てる。「どうしよう。バレてしまう」

ライオネルがうなずく。「そういうことだ。彼はまだきみの正体を知らない。彼は謎を解けと言われたそうだ。タイという名前の息子がいる女がパーク・スイートに滞在しているのではなく、掃除をしているとわかるのは時間の問題だ。率直に言って、ミズ・ベンチュラ、きみは断れる立場ではない。わたしたちはすぐにこの招待を受けたほうがいいだろう」

「一緒に行ってくださるんですか」マリサは藁にもすがる気持ちだった。

珍しく、ライオネルの口元に笑みが浮かぶ。「パーティに出席するのはきみだけだ」

「そうですか」マリサは納得がいかなかった。ライオネルの袖をつかみ、問いかけるように見る。「マーシャル様がこの件に関わっているとは信じられません。わたしには、そういう方とは思えません」

「マーシャル様はまったく関係ないだろう」ライオネルはややためらう。「たぶん首席補佐が勝手にしたことだ」

「冷酷な奴」

「彼を非難している暇はない。きみがこの招待を受けるかどうか、早く決めなくてならない。判断はきみに任せる」

「断れますか」

「断れるだろう。だが、そのときには、きみもわたしも首だ」

「ということは、やっぱり断れないいんですね」

「そうだ」

マリサは一瞬考えてから、きっぱりと言う。「行きます。パーティに出席します」

ライオネルは、フォーク、ナイフ、皿、グラスが正しく置かれているかを確かめる時のように、マリサを吟味する。「パーティにふさわしい衣裳と装身具を用意しよう」

マリサは恥ずかしそうにうなずいた。

「それから、もうひとつ」ライオネルは真顔になる。「本気で副支配人になりたいんだね？」

マリサは真剣な顔でもう一度うなずいた。

「よろしい。それなら、今夜かぎり、マーシャル様とは会ってはいけない。約束するね？」

「シーガルさんからの命令ですか」

「それは関係ない。約束してくれるね、ミズ・ベンチュラ？」

「もちろん」返事をしたのはマリサではなかった。

ステファニーが火のついた煙草を持った手を腰に当てて、二人に近寄ってくる。「屋上で二人に会うなんて、偶然ね。内緒話をしていたようだけど」

「お見通しのようだね、ミズ・ケーホー」ライオネルは冷静だった。

ステファニーは彼を見てニヤリとする。「ねぇ、ライオネル。ライオネルと呼んでもいいかしら？　あなたがまさか助けてくれるなんて、信じられない。みんなと同じく、わたしもあなたを高慢なスノッブだと思っていたから」

「ステフ！」

しかし、ライオネルは怒っているより、面白がっているようだ。「自分の不利益には無関心ではいられないからだ。こちらの首が危うくなっている」

「とぼけなくてもいいのに。あなたは、絶対にマリサを助けてくれる」

「優しい言葉だ。きみは事情をわかっているようだ」

「当然。パズルを繋ぎ合わせれば、事情を察するのは簡単。今夜、慈善パーティがあることを知っているし、あのゲス野郎があなたを脅しているのを見たわ」

ライオネルは視線を、ゆっくりとステファニーからマリサに移す。「本日のきみの予定を調整しよう」

「品行は悪くても頼りになるアドバイザーが必要でしょ」ステファニーは媚びを売った。

「品行のいい、の聞き間違いかな」

「初めて聞く優しい言葉だわ」ニヤリと笑った。

「きみの予定も調整しよう、ミズ・ケーホー」

「やった！　支配人たちには絶対には悟られないよう、極秘行動をしなくちゃ」

ライオネルはかすかに笑ったかのように見えた。「そうしてくれ。ドレス、装身具選びができるように、手配しておこう」

＊　＊

高級ホテルに長年働いていれば、誰だって、友人の輪が広がり、悪巧みの仲間も増えてくる。マリサとステファニーもその例外ではなかった。彼女たちには、ベレスフォードの顔ではなくとも、ホテルを円滑に機能させるのに欠かせない勤勉な労働者――フローリスト、仕立屋、マニキュア師、ヘアスタイリスト、販売員――のネットワークができていた。ワーキングクラスの仲間たちは、困ったときにはお互い様とばかりに、暗黙のうちに助け、助けられる付き合いだった。ステファニーとマリサはホテルの大動脈とも言える仲間たちとすばやく連絡を取り合い、奇跡を起こそうと団結した。皆は、マリサを社交界の淑女に仕立ててパーティに送り出すために全面的に協力した。マリサがパーティに出席できるのは、ホテルの裏方で勤勉に働く彼女たちにとっても夢のような出来事だった。メイドがレディに変身するのはお伽話の中だけの夢に過ぎなかったのに、仲間のマリサがその夢を現実にする奇跡を起こす。彼女たちは一人ひとりがまるで自分がパーティに出席するかのように興奮し、知恵を絞り、持てる才能を十二分に生かし、準備にかかった。

フラニーがヴァレンチノ・ブティックのロビー側の入口で、マリサとステファニーを待っていた。

「来たわ、ミッシェル！」裏にいるもう一人の販売員に声をかけて、マリサを抱きしめる。「待っていたわ、シンデレラ。一生忘れられない夜になるわ」

二人を店の奥へと案内すると、そこでは、ミッシェルがヴァレンチノの一点物のドレスを十数着抱えていた。彼女の横には、リリーが針とピンと糸を持って立っていた。

「ヘアスタイリストのミルナが、彼女の魔法の杖を持って来るまでに一時間しかないわ。さあ、どんどん試着してみて。手始めにこれを着てみて」

マリサは試着室で豪華なドレスを次から次へと着て、歩き回った。まさしくファッション・ショーだった。

「全部、着てみたい」マリサが上機嫌で叫んだ。

「もちろん、全部、着るのよ、ハニー。女なら当然よ」ステファニーが豪快に笑った。

そのあいだに、タイとキーフはロビーのハリー・ウィンストン宝飾店のカウンターの前で、神妙な顔をしていた。販売員のコーラは緊張した面持ちながら、何とか笑みを浮かべる。「いいわね、タイ。もう一度おさらいしましょう」

タイはにっこりする。「いいよ」

「決して気を抜かず、まっすぐ前を見る」

「タイはいつだって注意深いから、心配はいらない」キーフが口をはさんだ。

タイは直立のままで、コーラの言葉に熱心に耳を傾けた。

「もう一度念を押すわよ。これはハリー・ウィンストン・リース・ネックレス。とっても高いの」

タイはうなずく。「わかっている。一生の一〇倍分稼いでも足りないくらい」

「それから?」

「ネックレスがママの首から外れてなくなったら、ママは刑務所に入れられ、ぼくは里子に出される。そう、言ったよね」

「よくできました!　ネックレスがなくなったら、わたしもママと一緒に刑務所行きよ」

コーラがネックレスをケースにしまい、タイに渡そうとすると、キーフが手を伸ばした。

「護衛するよ。マリサに約束したから」

「そのほうがよっぽど心配」コーラは茶化した。

「ひどいな、コーラ。おれは信用がないのか?」

「何かあれば、あなたも刑務所行きよ」

「大丈夫だ」

コーラはカウンター越しにタイの頬を軽くつねる。「バイ、ハニー。ママに幸運を祈るって伝えてね」

しばらくして、ホテルのスパで、ネイル・アーティストがマリサの爪を手入れしていると、タイとキーフが宝石のケースを運んできた。

マリサは上機嫌でケースを開ける。「すごい……」驚いて開いた口が塞がらず、呆然とネックレスを見つめる。「こんな美しいネックレス、見たこともない……」

「絶対に外しちゃだめだ、さもないと、みんな、お縄になる」キーフが脅かした。

「イヤリングは?」ステファニーが訊いた。

タイはポケットに手を入れ、イヤリングを取り出した。マリサの手のひらに乗せると、彼女は耳に当てて鏡を見ながら、夢見心地の目をしていた。「これが夢なら、お願いだから、起こさないで」

キーフはもうひとつの箱を彼女に渡すと、深々とお辞儀をする。「サルバドーレ・フェラガモの靴はいかがでしょうか、奥様」慇懃《いんぎん》にライオネル・ブロッホの口調を真似た。

「靴の底が減らないように気をつけて、ママ。刑務所暮らしが長くなるよ」


午後五時を過ぎると、狭い仕立て室にメイドたちがたくさん集まってきた。ロビーの店を閉めると急いでやってきたミッシェル、フラニー、エル、コーラが、カーテンで仕切られた試着室の横に立ち、タイ、キーフ、ステファニー、クラリス、バーバラが反対側に立っていた。全員、カーテンが開くのを、固唾を呑んで待っている。

試着室からリリーの声が聞こえる。「これでいいわ、そのまま動かないで、マリサ。ここをピンで留めて。ウン、良くなった。もう一度よく見せて……」

全員が期待して静まり返った。

「ヴォアラ！」リリーがカーテンを開けた。

マリサが緊張しながらも笑みを浮かべて出てくると、モデルのようにゆっくりと一回りした。クラシックなデコルテを現代風にデザインしたドレスが一歩ごとに揺れ、髪を結い上げたほっそりとした首にはハリー・ウィンストン・リースがまばゆく輝いていた。

タイは驚きでポカンと口を開けたままだ――本当に、ママなの？

ステファニーは盛んにスナップ写真を撮った。

バーバラは盛大に口笛を鳴らした。

「ワォ！」と叫ぶキーフ。

「これなら女王様よ！」とクラリス。

そして、全員がすっかり見とれて拍手した。

マリサは優雅に膝を曲げ、かすかに上体を屈めて応えた。


二時間後に、ベレスフォード・ホテル通用口にリムジンが停車していた。タイがリムジンの開いた窓に頭を入れ、マリサの頬にキスをした。その横で、ステファニーが目を潤ませて見守っていた。

「行ってらっしゃい、ママ。楽しんできて」

「ありがとう、スウィーティ。ステファニーの言うことをよく聞いてね。夜更かしはだめよ。言い訳はなし、いいわね」

「ブレイク・ア・レッグ」

「何、タイ？」

「ショービジネス界の決まり文句。大成功を祈るってことだよ」

「ありがとう。一世一代の演技をする」

ステファニーが前屈みで窓を覗き込み、指を唇に当ててからマリサに投げキスをした。

「どうしよう、息もできない」マリサの声は震えている。「わたしったら、何をしているの、ステフ？　頭がクラクラしてきた。全部嘘なのに……」

「しっかりして、ハニー」ステファニーがしんみりと言う。「夢が現実になるのよ。今夜、あなたはわたしたちみんなの夢を現実にする。明日のことは考えず、今夜を楽しんで。今夜はメイドのマリサは消えて、今のあなたが本物……本物のプリンセス」

マリサは涙をこらえ、ステファニーの手をしっかりと握った。

「自分が何をしているのか、もうわからない。人生で初めて本能を抑え切れない」

「どんな気持ち？」ステファニーがニヤリとした。

「悪くない。それどころか、とっても素晴らしい」

ビッグ・ナイト

メトロポリタン博物館のデンドゥール神殿の間には、ブラックタイにタキシードの紳士とカクテルドレスの淑女が集い、パーティが進むにつれて著名人が次々と到着した。シャンペングラスを片手に談笑するパーティ客の中でも、クリストファー・マーシャルはひと際注目を集め、大勢の人に取り巻かれている。彼らは熱帯の沼地の蚊のように、笑みを絶やさずにいる彼に群がり、彼の幸運を祈り、ほんの一瞬でも彼の放つオーラに触れようとした。

がっしりした手がマーシャルの肩をつかんだ。振り向くと、寛大な心とうっかりリークするお喋りで有名なTVプロデューサーのハリー・シフだった。リベラルで知られるショービジネス界の転向者だ。民主党贔屓のショービズ界の仲間を捨てて、亡き父の議席を継ぐために上院選に出馬を予定するマーシャル支持に回っていた。リベラルな友人たちから露骨に嘲笑されると、シフはニューヨーク・ポスト紙に署名記事を寄稿して反撃した。「クリストファー・マーシャルを共和党か民主党かと、二者択一で考えていない。既成観念でレッテルを貼るのは、彼に関しては無意味だ。彼は間違いなく善なる選択をする男だ。その選択は大企業ではなく、われわれ民衆のためになる……」

もっとも、シフの反撃がなくとも、ショービジネス界の多くの人が、実際には、民主党の古ダヌキと称されるマーシャルの対抗馬より、彼に好感を持っていた。

シフはマーシャルの腕をしっかりとつかむ。「何をしてほしい、クリス？　きみのためなら何でもするぞ」

マーシャルもシフの腕を握り返す。「きみの支援は大きな力だ、ハリー」

「『サタデー《S》・ナイト《N》・ライヴ《L》』にカメオ出演するのは、どうかな？」

「いや、それは待ってくれ。ダレル・ハモンドに物真似されるのは勘弁だ。ゴア・ヴィダルの二の舞になりたくない」

「SNLのプロデューサー、ローン・マイケルズに電話をしておく。ありのままのきみを見せれば、絶対、票につながる」

シーガルが話に加わる。「ハリー、久しぶり」

「ジェリー、候補者マーシャルにSNLに出演しろと説得していたところだ。ローンと相談して、調整するよ」

「いいね、名案だ、ハリー。明日、相談しよう」

シーガルとマーシャルはシフを残して、マーシャルの健闘を祈る著名人の中をゆっくりと通り抜けた。

「ハリー・シフに時間を割き過ぎだ」シーガルがマーシャルの耳元でささやく。「彼はもうこっちの陣営だ。もっと時間を有効に使うんだ」

マーシャルが渋い顔をする一方で、シーガルが興奮して言う。「クリス——来たぞ！」

キャロラインを期待してマーシャルが顔を上げると、華々しく結婚と離婚を繰り返す社交界のトップレディ、有望なマーシャル支援者デニース・ゴードンが寄ってきて、きつい香水を匂わせて彼に頬を突き出した。

「こんばんは、デニース」マーシャルは儀礼的に頬にキスをする。「お会いできて光栄です」

「ダーリン」彼女は体をすり寄せる。「自然保存管理委員会でのあなたのスピーチには感動したわ！　涙が出るくらいだった！」

「ありがとう」

「今度、ゆっくりとランチかディナーをご一緒しましょう。あなたのお父上の熱烈な支援者だったのよ」

「存じています。感謝しています」

マーシャルが洗練された笑みを浮かべると、すかさずシーガルが割って入る。「デニース、またお会いできて嬉しいです。ビンキー・オズモンドが探していましたよ」シーガルが声を上げる。「ビンキー？」シーガルはデニース・ゴードンを振り向かせ、彼女をボールルームへ案内するようにオズモンドに目配せする。「いつもお美しいですね」と言いながら、彼女をオズモンドのほうへ送り出した。

シーガルがマーシャルの腕を取り、人混みの中を案内する。「彼女の支援は堅い。きみに秋波《ながしめ》を送っていたな」

「気色悪い」

「大変な金蔓だぞ。彼女をちょっと若返らせてやるくらい、簡単だろ」

「あの手の女性からぼくを守るのもきみの役目じゃなかったか」

「彼女を確保すれば、選挙資金の心配もなくなるんだ」

「ジェリー、人生は選挙だけじゃない」

「今は選挙が優先だ」シーガルは入り口に目をやる。「マドックスが下院議員グレイと到着だ。あの老体を褒めそやすのがきみの仕事だ」

シーガルがグレイとマドックスに手を振った。

「おい、クリス。もっと気を入れてくれ」

マーシャルは目でパーティ会場を探った。

「何だ?」シーガルは苛ついている。

「彼女は来たのか」

「まだだ。だが、必ず来る。クリス、それより、仕事だ」

慈善パーティは盛大に繰り広げられ、タキシードとカクテルドレスの波が華やかに揺れていた。こうした席の常連――不動産王、大企業の最高経営責任者《CEO》、『CBS60ミニッツ』のキャスター、ノーマン・メイラー、マーシャルを支持して共和党に転向したボールドウィン兄弟、ヒルトン姉妹――に加えて、マンハッタンの社交界の階段を駆け足で昇るあまたの名士予備軍がグラスを交わし、作り笑いを振りまいていた。

マーシャルと下院議員グレイは親しげに話しながら、ボールルームへと進んだ。

「きみと話していると父上を思い出すな」グレイが穏やかに言った。

「父には及びませんが、お褒めに預かりありがとうございます」

「しかし、少し左寄り過ぎるかな」咳払いをした。

「政治哲学上の変化というより、漸進《ぜんしん》的な進歩だと思っています」マーシャルは滑らかに話す。

「父もわたしも世界への見解は同じでした」

二人が話しながら歩いていくと、シーガルやマドックスを初め、大勢が後ろに続き、パワーダンスを見守った。若き州議会議員が巧みに老練な国会議員の機嫌を取っている。

「クリス・マーシャルはけっこう如才ないな」マドックスが評価した。

「当然です」シーガルは笑って返事をした。「あなたを見習っているんですから」チラッと睨むマドックスに手を上げる。「いや、冗談です」

不意に、マーシャルが立ち止まった。デンドゥール神殿の入口に姿を見せたマリサをとらえていた。息をのむほどの彼女の美しさに、彼の目は釘づけになった。彼だけでなく、パーティ会場の多くの目が彼女に引きつけられて、ざわついた。誰の心にも、この美人は何者だという疑問が湧いていた。

マーシャルがじっと見ていると、マリサは彼の視線に気付いてほほえみ、泉に渡された仮設の橋を渡ってきた。

「失礼、グレイ下院議員。またあとで話しましょう」

「いいだろう」

マーシャルとマリサはほかの人など目に入らないかのように互いから目を離さず、どちらともなく近寄った。パーティ客の多くはまるで磁石のように引かれ合っている二人に気付いた。羨望の目で見る人々の中に、キャロライン・レインもいた。彼女は、パーティにいきなり微妙な衝撃を与え、きらめく星のように輝いている女性を冷静に見定めた。どこかで出会ったような気がしてならなかった。

「とても美しい」

マーシャルはマリサの手を取り、ボールルームに誘った。

「あなたこそ素敵だわ、議員《ミスター・アセンブリーマン》さん」

マリサは周囲の人の目を意識して堅くなった。

「来てくれて、ありがとう」

「そんな必要はありません。わたしこそ、ご招待を感謝しています」

「そう言ってくれると嬉しい」

「でも、最初に言っておかなくてはいけないわ……こんなことは……二度と……あなたに会うのは今夜だけです」

「それなら、一時も無駄にできないな」

マーシャルは巧みに彼女をターンさせてダンスフロアに連れ出した。

「ダンスは慣れているのでしょ?」

「まあね。乗馬も習ったけれど、じゃじゃ馬の手綱を取るのは簡単じゃない」

マリサは冷静でいようと誓っていたものの、すでに別世界に圧倒されていた。マーシャルが彼女を引き寄せると、無駄な抵抗をやめて一夜の夢に身を委ね、彼のステップに合わせた。

そのとき、マーシャルがささやく。「ぼくが今夜かぎりで終わるのは嫌だと言ったら、どうする?」

「わたしの気持ちは変わらない」マリサはマーシャルの肩に頭を預けて、ささやく。「あなたは望むものは何でも手に入れてきたでしょうけど」

「あなたに会うまではそうだった」

「よく聞いて。あなたの関心を引こうと必死になっている女性はたくさんいる」

マーシャルはさらにマリサを引き寄せ、優しく耳元にささやく。「信じられないな」

「本当よ。あなただって知っているくせに」

「それなのに、どうしてあなたはぼくに冷たいのかな？」

「その話は……」

マーシャルは息を殺して二人を見つめる周囲の人を忘れ、マリサにキスをしようとした。彼女は目を閉じ、キスを受けようとしたが、そのとき、シーガルがマーシャルの肩をついた。

「代わってくれないか？」

マーシャルはむっつりした表情でシーガルを見たが、渋々とマリサの手を離した。

「グレイ下院議員がさっきの続きを話したいそうだ」シーガルが肩をずらすと、その向こうにマーシャルを手招きするグレイが見えた。

「彼の言いつけには逆らえないようだ」マーシャルはため息をついた。

「行って話してこい。彼の機嫌を取るんだ。それが今夜の目的だ」

「きみの目的はそうだろうな」マーシャルはブツブツ言う。「すぐに戻るよ、キャロライン」

シーガルはマリサに手を差しだす。「踊っていただけますか」

「断れないようね」

「ダンスは下手なんだ。つま先を踏むかもしれない」

「偶然だわ。わたしはうっかりスネを蹴るので有名なの」

「お手柔らかに」

マリサとシーガルはしばらく黙ったまま踊った。

「まだちゃんと自己紹介していなかった。わたしはジェリー・シーガル、マーシャルの首席補佐だ」先に口を開いたのはシーガルだ。「きみはキャロラインだね?」

マリサは肯定も否定もせずにほほえみ、パーティ会場を見回す。「素敵なパーティ。お金持ちと有名人が全員集合している」

「そうだな」シーガルはマリサを真っ直に見る。「ぼくの人生の使命は何だと思う?」

「さあ、あなたの人生の使命などわかりません」

「クリストファー・マーシャルを政界のトップに上らせることだ」シーガルは迷わずに言った。

「幸運をお祈りします」

「教えてほしいんだ、キャロライン……」シーガルはマリサの反応を待った。

「どうぞ、ジェリー。質問がわからなければ、答えられない」

「何かぼくに隠していないかね?」マリサの顔を覗き込んだ。

「たとえば？」さり気なく目を逸らした。

シーガルは肩をすくめ、マリサを不安にさせた。

「たとえば？」声の震えを隠して、くり返した。

「まあ……何でも」

「たぶん、それは神様が知っている……」

「どういうこと？」

「好きなように解釈してください」

シーガルはかすかに笑う。「ぼくもナゾナゾは嫌いじゃないけど、クリスの恋人の謎とあっては、話は別だ」

「わたしは彼の恋人じゃない」

「どういう仲であろうとも、今夜は彼の邪魔をしてほしくない」

シーガルは誰かに肩をたたかれて、ビクッとする。振り向くと、マーシャルが笑みを浮かべて彼を見下ろし、器用に彼とマリサのあいだに入った。グレイとの話は終わり、雑談はシーガルに任せることにした。いつの間にか、グレイの横にキャロライン・レインが並び、マリサを睨むように見ていた。

「失礼したね」マーシャルはシーガルたちから離れ、軽やかにステップを踏みながらマリサをダンスフロアの真ん中に誘導する。「どこまでだった？」

マリサはほほえむ。「忘れちゃった」

「たぶん、こうじゃなかったかな？」

マーシャルがマリサをしっかりと抱きしめると、彼女は思わず、彼のしなやかな体に敏感に反応する。目を閉じると、一瞬にして歓喜に包まれた。ゆっくりと目を開けると、マドックスと熱心に話し込み、チラチラと懐疑的な目を彼女に向けるシーガルが見えた。

「ちゃんと役目を果たしたほうがいいわ」マリサは小声でマーシャルに言う。「わたしがあたの邪魔をしている、とジェリーは思っている」

「やめてくれ、キャロライン、今はジェリーの名前は聞きたくない」

マリサはクスリと笑った。一曲終わると、ダンスフロアから人がいなくなるが、マーシャルとマリサはそこから動かず、お互いの目を見つめ合っていた。

「クリス……やるべきことをしなくてはいけないわ」

マーシャルは何か考え込んでから、ゆっくりと笑みを浮かべた。

「何かおかしいの？　わたし、何か変なことを言った？」マリサは怪訝そうに彼を見た。

「今まで……何をすべきかわかっていなかった。でも、今ははっきりわかる」

「何がわかったの？　謎めいたことを言わないで」

「ここを動かないで。すぐに戻るから」

マーシャルはまっすぐ前を見て意を決したように、シーガルとマドックスに近づいていった。

「クリス」マリサは不安そうに声をかける。「待って。誤解しないで……」

マーシャルは「ちょっと待っていて」と言うように指を立て、キャロライン・レインとすれ違ったのに気付かず横を通り過ぎた。キャロラインは彼に無視されて顔を赤くし、目を細め探るようにマリサを見た。

彼女に感づかれたかと思うと、マリサは背筋がゾクッとした。

わたしの正体に気付いていないまでも、怪しんでいるに違いないわ。だいたい、こんなまやかしが、どうしてバレないと思えたんだろう？　すぐにここから逃げ出そう。マリサ・ベンチュラ、グズグズしないで、逃げなさい！

マリサはこころもち俯き、キャロライン・レインの横を足早に抜けて、メトロポリタン美術館のメイン・ロビーに向かおうとした。

「ちょっと、よろしいかしら？」キャロラインがマリサに後ろから声をかけた。

マリサは気付かない振りをして、さらに足早に進んだが、入り口近くで誰かの手が腕に触れた。ドキリとして振り返ると、キャロライン・レインが息を切らして立っていた。

「どこかでお会いしたような気がするんですけど。わたし、キャロライン・レインです。あなたのお名前は……？」

「失礼、ちょっと急いでいるので」マリサは口ごもった。

キャロラインは首を傾げ、マリサの表情をよく見ようとする。「絶対に、前に会って……」

マリサは不意に指を鳴らす。「ああ！　サザビーズのキャロライン・レイン？」

「ええ、そうよ！」キャロラインの表情が緩んだ。

「またお会いできて、うれしいわ」マリサは適当につくろった。

「やっぱり知った方だったわ」キャロラインはマリサに一歩近づき、首のネックレスを見つめる。「間違いなかった。わたし、一度会った人の顔は忘れないの。一年半前にカーライルのカクテル・パーティでお会いしたんじゃなかったかしら？　その……ネックレス、ハリー・ウィンストン・リースでしょ？」

マリサはうなずいた。

「六〇年代の後半から、そのデザインは作られていないけど、とても見事だわ」

「お目が高いのね。あなたの目に留まらないものはないわ」マリサの声にはかすかに皮肉がこもっていた。「じゃあ、失礼します」

マリサが立ち去ろうとすると、キャロラインが彼女の腰に触れる。「知り合いのよしみで教えていただけない？　あなたのお連れはクリストファー・マーシャルかしら？」

「内緒にしてくださる?」

「もちろんよ」

「よかった」マリサは明るくほほえんだ。

彼女がウィンクして歩きだすと、キャロラインはその後ろ姿を呆然として見つめていた。

マーシャルはシーガル、マドックスと話しながらも、目はマリサがいなくなったパーティ会場の人混みを探っていた。

「インタビューだ」シーガルがそっとマーシャルをつつく。「どう思う、クリス?」

「そうですね、マドックスさん、あなたの寛大な支援には感謝していますが、わたしは基本的に独立独歩でいきたいです」

「政治家はそうはいかんだろ」

「まあ、理想論ですが」シーガルが口をはさむ。「何を優先させるか、まだ思案しているところなんです」

「独占インタビューにしたいんだが」マドックスはマーシャルを見た。

即座に返答するのはシーガルだ。「もちろん、その方向で考えています」

「わたしのダンス・パートナーの姿が見えない」マーシャルが呟く。「彼女を見つけないと」

マドックスが皮肉っぽく笑う。「自分の欲望をわかっている男は好きだ」

「なるほど」マーシャルはそそくさとマドックスと握手をする。「じゃあ、わたしは失礼させていただきます、またのちほど」

マーシャルが驚くべき速さでメイン・ロビーに進んでいくと、シーガルは笑ってごまかそうとする。「クリス・マーシャルはちょっと変わっていましてね……面白いところがあるんです」

「なんからうわの空のようだな」

マドックスは困惑した表情になり、ブツブツ言っているシーガルを残して、別の人たちと談笑を始めた。

メトロポリタン美術館の正面玄関まで来て、マーシャルは階段下の噴水の横を歩いていくマリサを見つけた。

「これからどこかに行く予定でも？」マーシャルは彼女に走り寄った。

「別に。もう帰ろうと思って」マリサは驚いて振り返った。

「どうして？　わからないな」

「事情があるんです」

「いつも何か事情があるんだね」

「そういうことです」

「ぼくはこの機会を逃さない。きみはまるで逃げているみたいだ」

マリサが立ち止まると、マーシャルは数歩進んで、彼女の行く手を塞いだ。

「本当にそう思うの？」

「ああ、逃げている。でも、どちらなのかわからない。何か他に求めるものがあるから、ぼくから逃げているのか、それなら、ぼくは何も言わない。あるいは、今ここにあるものを求めているのに、それを手にするのが怖いから逃げているのか。どっちなんだろう？」

マリサが黙ったまま立っていると、マーシャルが優しく彼女の手を取った。

「あなたの言うとおりだわ」マリサの声は消え入るように小さかった。「逃げている。あなたから逃げている」

マーシャルは何も言わずにうなずいた。

「もうたくさん間違いをしてきたから、これ以上、過ちを犯したくない」

「きみは間違わない。ぼくが約束しよう」

「あなたには、そんな約束はできない」

マーシャルは何も言わずにマリサを抱きしめ、キスした。マリサは理性では抵抗しようと思っても、心と体は彼のキスに応えていた。

「帰らないで」マーシャルがささやく。

「パーティから?」

「そうじゃない。ぼくのそばにいてほしい」マーシャルはマリサの目を見つめる。「今夜はきみを帰さない……」

第五章　火曜日

宴のあと

真夜中一時。マリサとマーシャルは親密な会話と情熱的なセックスの数時間を過ごし、肌を合わせたあとの快い疲れに気を緩めたまま、大きな枕を背にして、ベッドヘッドに寄りかかっていた。マーシャルはマリサの肩を優しく抱き、指先で滑らかな素肌をなでていた。二人の目の前にはルームサービスで届けられた皿が並んでいる。セックスのあとで、急に空腹に襲われていた。考えてみると、二人とも日曜日の昼からまともに食事をしていなかった。

マーシャルはフォークで牡蛎を殻からすくい取り、スパイシー・ソースにつけてからマリサに差し出した。彼女は口を開けたが、牡蛎が口に入る寸前に身を引いた。

「最初に食べるのは盲目の人か、死にそうなくらい飢えている人」

「じゃあ、目を閉じて」

マリサは両目を閉じ、やや顔を上向きにした。マーシャルが彼女の唇に牡蛎を運ぶと、マリサはスルリと呑み込み、目を閉じたまま、ほほえんだ。

マーシャルは枕に体を預け、両腕を頭の後ろに持っていく。「今の感想は?」

「不思議な気分」マリサはわざと眉を寄せる。「でも、少し落ち着かない」

マーシャルは指で彼女の眉、瞼、鼻、そして、唇をなでる。「でも、少なくとも、新しいことに挑戦した」

「今夜はわたしのためにあるみたいだわ」

マーシャルは真顔で彼女を見つめ、いきなり笑う。「ぼくのための夜でもあるな」

マリサは彼の艶やかな髪に触れ、目にかかる前髪を後ろになでる。「嫌だ、何を笑っているの?」

「満ち足りたセックスのあとの幸福感」

「素敵な答え」

マーシャルはマリサの口を指でなぞる。「きみがここにいるなんて、信じられない」

「わたしもそう思う。ここに、あなたのベッドで……すべて、許されないことだわ」

「そんなつもりで言ったんじゃないよ」マーシャルは苦笑する。「きみといると幸せで、夢みたいだ。打ち明けたいことがあるんだ」

「どうぞ」

「人はこんなにも幸せになれると初めてわかったよ。きみのおかげだ」

「でも、今のわたしは仮の姿……わたしは敬虔なカソリック、過ちを恐れる几帳面な人間なの。軽率にセックスするような人間じゃない……」

マーシャルは口づけでマリサの言葉を封じた。そのキスは甘く、快かった。

「もう、わたし、自分がわからない」マリサは頭がクラクラしていた。

マーシャルは愛おしげに彼女の瞼、髪、耳たぶにキスした。

「気にしないで。ここでは誰もきみを非難しないよ」

「誰だって他人を批判する……」

「この部屋の外ではそうかもしれない。でも、ここは別世界だ」

「あなたにはわからない。人は他人の行動をよく見ている。ひとつでも過ちを犯せば、非難の的。何か失敗すれば、すぐに咎められる」

「それは、ぼくにもわかる」マーシャルの声が自嘲的に響く。「ぼくの人生はずっと人目に晒されてきた。世間はぼくを社交界の人気者、候補者、二世議員と、はやし立てる。だが、現実は違う。ぼくは学生時代には劣等生だった。ロースクールでは、一年生で落第した。本当は政治家ではなく、画家になりたかったんだ。でも、ピカソのような才能はなかった。ピカソどころか、まったく才能がなかった。だが、父はそんなぼくをいつでも信じ、支えてくれた。けっして、批判することはなかった。壁にぶつかると、それを越えるのを辛抱強く待ち、いつまでも大人になれないぼくを見守ってくれた。そのうちに、自信を持てるようになり、父はぼくに惜しみなくチャンスを与えてくれた。つまずいたときには——よく、つまずいたものだ——すくい上げてくれた」マーシャルは天井を見上げ、考えをまとめる。「他人——世間の人——は本当のぼくを知りもしない」

「わたしたち、似たところがあるのね」

「そうかもしれないな」

マーシャルは穏やかにほほえんで、マリサの顔と首に柔らかなキスの雨を降らせた。

マリサは快感で気が遠くなりそうだった。「クリス、話しておくことが……」首を伸ばし、マーシャルの甘いキスを浴びた。

「話してごらん」

「最初に会ったとき……」マーシャルは両腕でマリサをしっかり抱きしめ、引き寄せる。「最初に会ったときに……」マリサは両目を閉じた。「わたしは……本当は……」

マーシャルのキスは首から胸元へと下りていき、敏感になっている彼女の肌にまるで羽のように触れた。

「わたしは……ああ、クリス」甘いため息が漏れるだけだった。

「きれいだったよ」彼の息がマリサの肌にかかった。

「迷った。わたし……見失っていた」

マリサは真実を打ち明けるつもりだったが、甘美な一夜を突然壊すことが怖くて、マーシャルの愛撫に溺れた。


マリサは目覚めたとき、一瞬、自分がどこにいるのかわからなかった。天井を見て、横で寝息を立てているマーシャルを見つめ、ようやく、ヨーク・スイートのキングサイズ・ベッドの中にいることを思い出した。ため息をつき、静かにマーシャルから離れて、寝返りを打つと、ベッドサイドのデジタル時計が六時五九分を告げていた。

起き上がり、もう一度安らかに眠っているマーシャルを見ると、不安と罪悪感が一度に襲ってきた。慌てて、考えをまとめようとした。

こんなことになって、どうすればいい？　パーティが終われば、すべてを忘れなくてはいけなかったのに。ヨーク・スイートの掃除をするのがわたしの仕事なのに、他人の名をかたり、嘘で固めたゲームを続けたまま、ヨーク・スイートのベッドで眠り込んでいる。どうして、こんなに誠実な人を騙《だま》してしまったのだろう。

マリサはゆっくり、音を立てないようにベッドから出て、昨夜のドレスを見つけた。ドレスに手を通そうとして、首を振った。ふたたびドレスを着て、ヨーク・スイートから出ていく気になれなかった。椅子の背にかかるマーシャルのTシャツとスウェットパンツに目を留めた――スウェットパンツは大き過ぎるけれど、ウエストを縛りたくし上げれば着られるわ。

マリサはTシャツを着て、注意深くドレスを抱え、ドレッサーの引き出しから洗濯袋を出して、静かに浴室に入った。ドレスと靴を袋に詰めてから、歯を磨いた。口をすすぎ、人差し指に歯磨きをつけると、ゴシゴシと歯と歯茎をこすった。そして、ハンドタオルをぬるま湯で濡らし、丁寧に化粧を落とし、結っていた髪を下ろした。スウェットパンツをはいてから、鏡を見ると、落ち込むばかりだった。

まるで頭が空っぽの尻軽女みたい。目の下に隈ができて、顔はむくんで、吹き出物ができている。ふしだらな女と緋文字を刻印されているのも同然の顔だわ。

マリサは便器に蓋をして腰掛けると、備え付けの電話を使った。

「おはよう、ハニー」なるべく小声で話す。「あのね、ママはもう仕事をしているから、三〇分くらいしたら、アブエラが迎えに行く。夕方は六時までに帰る――いいわね？　ステフと一緒で楽しかった？」

「ウン。チェッカー・ゲームで六回も連続して勝っちゃった。一回くらい、勝たせてあげたほうがよかったかな」

「そうすれば、よかったのに。彼女はもう起きている？」

「起きているよ。今、コーヒーをいれている。彼女と話しをする?」

「いいわ。あとで話すから」

「パーティを楽しんだ?」

「ええ。今夜、全部話してあげる」

「クリスも楽しんでいた?」

「たぶん」

「ステフが真夜中に電話したんだ。早く、様子を聞きたかったみたい。でも、携帯電話に出なかったね」

「ぐっすり眠っていたから。もう切るわ、ハニー」マリサは静かに受話器を置いた。

どんどん深みにはまっていく、と息苦しくなった。ひとつの嘘が次の嘘を生み、どんどん嘘が膨らんで、そのうち真実と嘘の見分けがつかなくなる。一夜の夢が終わり、重い体を引きずったマリサは、泣き叫びたい気分だった。

マリサはヨーク・スイートの扉を少し開けた。首を突き出し、廊下に誰もいないことを確認してから、忍び足で出てくると静かに扉を閉めた。洗濯袋を脇にかかえ、足音を立てないように注意しながら、半ば小走りでエレベーター・ホールに急いだ。

パーク・スイートの前を通り過ぎるところで、不意に、扉が開き、ジョギング・ウェアのキャロラインとレイチェルが出てきた。マリサは瞬間的に震え上がったが、隠れる場所はなかった。へばりつくように壁際に寄り、二人に黙殺されることを願った。

「バッファローでどうするつもり？」レイチェルが興味津々で訊いた。

「ばったり、彼と再会」キャロラインはニヤリとする。「明日、飛行機でバッファローに行くのよ。ジェリー・シーガルから予定を聞き出したの。でも、ちょっと下心が見え透いているかしら？」

「全然。絶対、巧くいくわ、スウィーティ」

マリサは顔を伏せて、二人とすれ違った。

レイチェルはマリサの後ろ姿を睨んでから、キャロラインを見る。「気がついた？」刺々しくささやいた。

「ネックレス？　あれ、ハリー・ウィンストン・リースじゃなかった？」

「そうよ。いったい、どこのメイドがあんな豪華なダイヤモンド・ネックレスを持っているかしら？」

「わたしもおかしいと思った。それに、彼女、なんかコソコソしていなかった？」

「わたしだったら、すぐに確かめさせるわ。あなたが信頼するマリアは、信頼に値するのかしら？」レイチェルは嫌みっぽく言った。

キャロラインの頭の中で、昨夜のパーティの謎の美女とマリサがぴったり一致したが、どうしてこんなことになったのかはまったく理解できなかった。

キャロラインとレイチェルはすぐに支配人に、メイドが宝石泥棒をしたと知らせた。二〇分後には、二人はジョン・ベクストラム、ポーラ・バーンズと一緒に、警備室のモニターを調べていた。緊迫した空気に、モニターを動かすキーフはかなり動揺した。

「メイドの名前を、マリアとおっしゃいましたね？」

「ええ」キャロラインは高飛車に返事をした。

「わたしは最初から信用しなかったわ」レイチェルが勝手に口をはさむ。「押しが強くて、独善的で、随分生意気だった」

ベクストラムはポーラ・バーンズを見る。「マリアという名前の従業員はいるかね？」

「おりません」

「まあ、モニターを見れば、はっきりするだろう」ベクストラムは二人の訴えに懐疑的だった。「キーフ、巻き戻してくれ。パーク・スイートとその周辺のモニタービデオを全部、見せてくれないか」

「わかりました、支配人」

画面に粒子の粗いモノクロ映像が映り、早回しで、二二階の人の出入りを再現した。キャロラインは身を乗り出し、目を細くして画面に見入り、メイド、バトラー、宿泊客など大勢の人を注意深く点検した。

「そこ！」キャロラインが腹立たしげに叫ぶ。「そこ！　わたしのドルチェのコート！」

「やっぱり。わたしの思ったとおり、あのメイドは泥棒ネコだわ！」レイチェルは勝ち誇ったように言った。

モニターには、パーク・スイートから出てきてエレベーターに向かうタイ、マリサ、クリストファー・マーシャルが映っていた。マリサはキャロラインの純白のアンサンブルを見事に着こなしている。

「見て、信じられない。全部、わたしのものよ！」キャロラインは金切り声を上げた。マーシャルが言っていたラテン系か地中海系の女のことを思いだし、ようやく謎が解けたのだった。

ベクストラムはポーラ・バーンズを横目で見る。「マリサ？」呟くように言った。

その声にうなずいたバーンズの唇は怒りでブルブル震えている。「マリサ……」

「彼女を連れてきなさい」ベクストラムはまだ信じ難い気持ちで画面を見ていた。「ライオネル・ブロッホも呼ぶんだ。大至急、パーク・スイートに来るように言いなさい」

モニターにはエレベーター・ホールの映像が映っていた。ホールにはタイ、マーシャル、マリサのほかに、フランス人老女二人と、ほかならぬベクストラムがいる。ベクストラムはマリサの横に立ち、クリストファー・マーシャルと握手をして、ニヤついていた。

ベクストラムはマリサに気付かなかった落ち度を取りつくろおうとして、キーフに不満をぶつける。

「どうして見落としたんだ?」その声は不自然なほど大きかった。

「申し訳ありません、支配人」

モニターでは、ベクストラムがまだマーシャルと握手をしていた。

「モニター映りがいいですね、支配人」キーフはとぼけた。

ベクストラムはキーフにも疑いの目を向けたが、何も言わずに、そそくさと警備室を出ていった。そのあとに、怒りで顔を強ばらせたキャロラインとレイチェルが続いた。


マリサとライオネルがパーク・スイートに呼び出され、扉をノックすると、ポーラ・バーンズが険しい顔で扉を開けた。中に入っていくと、居間では、ベクストラム、キャロライン、レイチェルが待っていた。三人とも同じような重苦しい表情で並び、マリサはまるで銃殺隊みたいだ、と思った。

ベクストラムが口を開く。「ライオネル、マリサ・ベンチュラ、非常に重大な抗議が上がってきている」

「マリサ？　面白いわ」キャロラインは見下すように言った。「彼女はマリアと言ったわ。最初から嘘をついていたのね」

マリサはパーク・スイートに入った瞬間に、すべてが暴露されたことを悟った。最悪の事態になったのだ。マリサは腹をくくり、真っ直にキャロラインを見る。「勘違いされているのを正すのは、不躾《ぶしつけ》だと思いました」

「従業員教育が行き届いていること」キャロラインは目を丸くして、ベクストラムを嫌みたっぷりに見る。「わたしの服や、わたしのデート相手を盗むことを不躾だとは、教育していないのかしら？」

「どちらも盗んでいません。服はブティックに返品される予定でしたし――」

バーンズが鋭くマリサをさえぎる。「ミズ・ベンチュラ、支配人がレイン様にお願いして、ようやく正式の訴えを取り下げていただいたところです。口を慎みなさい」

「弁解をしても無駄よ。すべてモニタービデオに映っている」キャロラインの顔には勝ち誇った表情が浮かんでいる。「いくらあなたが嘘をついても、ごまかされない」

ドアベルが鳴ると、バーンズが応対に出るあいだに、ベクストラムは苦々しい表情をマリサに向ける。

「全部、返却したね、ミス・ベンチュラ？」

いくらいだった。

「はい、支配人」顔が火のように熱かった。マリサは自己嫌悪と羞恥心で穴があったら入りた

ポーラ・バーンズはジェリー・シーガルとクリストファー・マーシャルをともなって、居間に戻ってきた。マーシャルは集まった顔ぶれを見ると、明らかに当惑した。

「今日は予定が詰まっているんだ。いったい、何なんだ、これは。マーシャル議員と何の関係があるんだ？」シーガルは苦り切っていた。

マーシャルはメイドの制服を着たマリサを見て、怪訝そうに眉をしかめた。説明を求めるように、ベクストラムを見た。

キャロラインはさっきまでの仏頂面とは対照的にほほえみを浮かべ、マーシャルにすり寄っては親しげにシャツの袖に触れる。「クリス――お忙しいのに、お邪魔して恐縮だわ。でも、できるだけ早く知らせるべきだと思ったから」

マーシャルは煩わしそうに首を振りながらも、まだマリサを見つめていた。昨夜の名残から、彼の顔色は青白く、目の下に隈ができ、頬にはうっすら無精髭が生えている。

「いったい、何事？」マーシャルはマリサに問いかけた。

「あなたがこの階の宿泊客だと思った女の正体は、この階のメイドなの。明白な事実よ。明白で、惨めな事実。彼に謝罪すべきじゃない、マリサ」キャロラインはマリサに情けをかける気

はなかった。

「彼女の名前はキャロラインだ」

「違うのよ、ダーリン」打って変わって甘い声を出す。「それはわたしの名前。まだおわかりにならない？　この恐ろしい女は平然とわたしの服と身元を盗んだのよ」

「いったい、何の話だ？」マーシャルは声を張り上げ、マリサを指さす。「どうして、そんな服を着ているんだ？」

「もちろん、彼女がメイドだから。そうでしょ、マリア？　あら、マリサだったかしら」キャロラインはマリサの名前をきちんと覚える気すらなかった。

「そんな馬鹿な……」マーシャルは袖からキャロラインの手を振り払い、マリサを見る。「きみから説明してくれ。今の話は、全部本当なのか」

マリサはマーシャルの顔を見ないわけにはいかなかった。怖々と顔を上げると、彼の目にあるのは怒りではなく、困惑だった。マリサはうなずく。「ええ、本当です……」

マリサは完璧に打ちのめされて、顔を背け、それ以上、何も言えなかった。

マーシャルはまだ首を振り、マリサの手を取ろうとするが、何とか思いとどまる。「そんなはずはない。嘘だ」

「最悪だ」シーガルが怒りを爆発させる。「マスコミに漏れたら大騒ぎだ」

ベクストラムが咳払いをする。「マスコミに漏れる心配はいりません、シーガル様。ベレスフォードは分別あるホテルですから」

マーシャルは言葉を失い、マリサを凝視した。しだいに、事実を受け入れ、事態がわかってくると、その目は傷心で雲った。ようやく、ささやくように小声で言う。「じゃあ、全部、嘘だったのか」

「違います。そうじゃない」マリサはゆっくりと首を振った。

「いや、嘘だった」シーガルは吐き捨てるように言い、ベクストラムを見る。「彼女がマスコミに暴露しないよう、厳重な処置をしてほしい」

マーシャルはまるで殴られるのを避けるかのように、顔の前に片手を上げる。「そこまで言わなくても、ジェリー……」

「組織的な中傷記事を書き立てられかねないぞ。よく考えろ、理性的になってくれ。こんな下らないことで、将来を潰されるのはたまらん！」

「一言いいかしら、ベクストラム支配人」キャロラインは怒りで声を震わせ、マーシャルを意識して続ける。「フォーシーズンズなら、絶対にこんなことは起きないわ」

「当ホテルでも前代未聞でございます、マダム。申し訳ございません」ベクストラムはライオネルを見て、必死に怒りをこらえ、張り詰めた声で言う。「ブロッホ、きみの監督不行届だ。

きみには失望した」

「彼は関係ありません。彼を責めないでください」マリサは必死で訴えた。

「よしなさい、ミズ・ベンチュラ」ライオネルはベクストラムに面と向かう。「お立場をお察しします。当ホテルにはまことに不幸な事件です。わたしが一切の責任を負います」

「その話はあとで」そう言ってから、ベクストラムはマリサを射るように見る。「ミス・ベンチュラ、きみを即刻解雇する。帰る前に、通行証と身分証を警備室に返却するように」

マーシャルがベクストラムに向き直る。「そこまでしなくてもいいだろう。一方的な話では真相はわからない」

シーガルがさえぎる。「彼の仕事に干渉しないほうがいい。余計な口をはさむのはよくない」

マリサは最後に一度だけマーシャルを見て、何も言わずにパーク・スイートから出ていった。彼女の悲しげな目がマーシャルの心に焼きついた。マリサの潤んだ目には言葉にならないさまざまな感情とともに、思慕と後悔が入り混じっていた。

気まずい沈黙を破り、キャロラインがしおらしげに言う。「クリス、こんなことになってわたしも責任を感じるわ」

「あなたには関係ない」マーシャルの声は鋭かった。

「お詫びに昼食でも、いかがかしら?」キャロラインの声は明るかった。「二人で一緒にこんな……侮辱を忘れましょう」

マーシャルは彼女の無神経で、押しの強い態度に我慢がならず、嫌悪感を隠す気力もすでに失っていた。

「はっきりさせておこう。最初のランチは間違いだった。二度目のランチなど災難以外の何物でもない」

それだけ言って出ていくマーシャルに、さらに明るくほほえみかけるキャロラインは拒絶されたことを受け入れようとしない。「じゃあ、軽く飲むのはどうかしら？」

マリサが警備室で通行証と身分証を返すときに、キーフの姿が見えなかった。

「キーフは？」臨時の警備員に訊いた。

「早退した」

「彼、病気なの？」

「よく知らないんだ。臨時で交替するように呼ばれただけだから」彼は気遣うようにマリサを見て、すぐに目を逸らした。「こんなことになって、残念だよ」

「心配しないで、チェット」

「みんな、きみがいなくなったら、寂しくなるって言っている」

「ありがとう」

チェットはマリサの私物を調べようとする。「すまないね。上から言いつけられているんだ。トートバッグの中も調べるよ」

「いいわよ。仕事だもの」バッグを開けるときに、彼女の後ろでライオネルも身分証を返却するのに気付いた。

「まさか」マリサはショックを隠せない。「この件で首になったんじゃないですよね」

「違う。首になったのではない。数ヵ月前に決めていたことだ。少し長居をしすぎたようだ」

「じゃあ、ご自分からお辞めになったんですか」

「わかっているのに、何かが起きて改めて気付くこともある」

「そうですね。誰だって惰性に流されますから」

ライオネルはうなずく。「人に仕えるには品位と知性がなくてはいけない、ミズ・ベンチュラ。愚かな人に仕えるには、それだけではすまない。しかし、忘れてはいけないよ。彼らはお金を持っているに過ぎない。たとえ、彼らに仕えているとはいえ、われわれは召使いではない。職業で人格は決まらない。大切なのは、失敗したあとに、どうやって這い上がるかだ。きみはいつの日か、素晴らしい支配人になると信じている。きみと一緒に仕事ができて、光栄に思っている」

「こちらこそ光栄でした、ブロッホさん」

二人で並んで通用口を出ると、マリサは老バトラー、ライオネル・ブロッホの背筋の伸びた後ろ姿が雑踏に消えていくのを見送った。

「さよなら、ライオネル」マリサは目に涙を浮かべて、ささやいた。「あなたのことは忘れません……」

マリサは片方の肩からトートバッグを提げ、もう一方の手でロッカーの私物を入れたキャンバス・バッグを持ち、重い足取りで地下鉄に向かった。一ブロックも行かないうちに、マーシャルが彼女を追ってきた。

「キャロライン?」マーシャルはマリサの横に並ぶ。「マリサ?」

マリサはピタっと止まり、マーシャルを見た。

「泣いていたんだ」マーシャルは彼女の涙を見るのが辛かった。

「いけない? わたしにだって泣きたいことはある」

「どちらの名前で呼べばいい?」

「マリサ。マリサ・ベンチュラ」

「でも、いったい、どうしてなんだ? ぼくにはわからない」

「いったい何がわからないの? わたしはメイド。パーク・スイートの宿泊客の名前をかたった。彼女が言ったとおりよ。彼女の服と身元を盗んだ」

「でも、どうして？　きみらしくない。きみは、理由もなく、そんなことをする人ではないことを、ぼくは知っている。賭けでもしたのか？　宿泊客を巧く騙せるかを賭けた、遊びか何かだったのかい？」

「いいえ」マリサはため息を漏らす。「まったく見当違いだわ。最初は、ほんの出来心だった。彼女の服を試着していたら、そこへ、あなたが息子と一緒に現れて、散歩に誘った……すべてはあっという間に起きた。暴走列車に乗ってしまい、降りたくても降りられなくなった……」

「そして、ぼくの関心を繋ぎとめるために、嘘をついた」

マリサはマーシャルの無神経な言葉に腹が立った。一歩彼に近づくと、怒りをぶつける。

「ちょっと、勝手なことを言わないで。現実を見て。最初からわたしをメイドだと知っていたら、わたしのことを真剣に考えたかしら？　答えはノー。だって、メイドは目にも入らない存在だから。メイドは目立ってはいけないから。どんなに高邁《こうまい》な政策を掲げていても、ワーキングクラスの本当の現実を見ようともしないでしょ、お偉い議員さん」

「きみはチャンスさえ与えてくれなかったのに、どうして、わかるんだ？　自分の意見に固執して人を判別するのでは、偏見を持っている人たちと同じだ」

マリサは怒りを抑え切れず、トートバッグを振り回し、もう少しでマーシャルを殴るところだった。「偏見がないと言い切れる？　宿泊客はメイドに気付いたら気付いたで、からかうか、高慢な態度で見下す。それ以外は、メイドの存在に気付きさえもしない」

「またそれだ。固執しすぎだ」

「だけど、それが現実よ！　じゃあ、言うわ。あなたが最初にわたしを見たとき、わたしは両手、両膝をついて、あなたが使う浴室を掃除していた。あのとき、わたしを見ようともしなかったでしょ？　クリス、反論できる？　正直に答えて……」

「あのとき、どうすればよかったと言うんだ。あの状況でも、自己紹介をしたほうがよかったのか。あのときは、話をするような状態じゃなかった。マリサ、あのことで、ぼくを咎めるのは、あんまりだ」

　マリサはしばらくマーシャルを見て、大きくため息をつく。「あなたの言うとおり、言い過ぎたわ。ごめんなさい。本音を知りたい？」

「ぼくが知りたいのはきみの本当の気持ちだ」

「あなたのような人と恋をするのはどんな気持ちか、それを知りたいと思っているわたしもいた。一生に一度だけなら、そういう体験をしても許されるかもしれないと錯覚したの」マリサの声は震え、泣き声になった。「でも、ごめんなさい……本当に後悔している。この数日を巻き戻して、初めからやり直せるものなら、やり直したい。わたしの人生だけでなく、あなたの人生も、ぶち壊しにしてしまったわ」

シーガルが顔色を変えて走ってくると、二人のあいだに割って入った。「やめてくれ、二人とも。マーシャル、気は確かか？　こんなところで三流メロドラマをやっているから、パパラッチ軍団の格好の餌食だ！」

「邪魔をしないでくれ、ジェリー」マーシャルは興奮し、周囲に気付いていなかった。「今、重要な話をしているんだ」

「そうだろうとも。絶好の見せ物になっている。見物客にポップコーンでも売るか」

マーシャルは車のあいだに隠れ、背中を丸めて接近しながら、カメラのシャッターを切っている男に気付いた。

「また、ヤッターだ。ぼくを追い回し、最悪の瞬間を狙っている」

「早く、立ち去って」マリサはパパラッチから顔を隠そうとした。しかし、もう手遅れだった。二人の口論は写真だけでなく、ビデオにも撮られていた。

「気にしていない。連中が何を言おうが、何をしようが、どう考えようか、構わない」

「そんなの嘘よ」

マーシャルはマリサの手を取る。「全ては嘘だったのか、マリサ？　それを知りたい」

「いいえ」マリサの声は震え、途切れとぎれになる。「わたしの気持ちに嘘はなかった……だから、どうすれば……あなたを諦められるか……でも、あなたを諦めなくてはいけない」マリサはシーガルを見る。「そうでしょ、ジェリー？　それであなたは満足ね？」

シーガルはますます人目を引いているのに苛立ち、天を仰ぐように両手を上げた。

「このあたりで打ち切って、逃げ出そう」

「昨夜……」マリサはマーシャルから目を逸らさない。「言えなかった……別れを告げなくてはいけなかったのに。昨夜ですべては終わるはずだったのに……言い出せなかった。だけど、こんな形で終わらせたくなかった」

決意

マリサはまっすぐ家に帰る気にはなれず、ブロンクスの落書きだらけの公園に足を向けた。タイや母親の顔をまともに見ることができなかったし、不名誉な行為や失職したことを話したくなかった。彼女は四年近く、ベレスフォード・ホテルのメイドを務めていたが、副支配人どころか、この一件で情け容赦なく首を切られた。日が落ちて、公園に人影はなく、マリサはブランコに座り、時間も忘れて泣いていた。

なんて男運が悪いのだろう、とマリサは思った。

恋する男を間違ってばかりだ。好きになったものの、結局、縁のない男だったとわかる。マーカスとは、思えば、セックスしかなかった。彼は自分を向上させることも、社会で出世することにも興味がなかった。楽に金儲けをすることしか考えておらず、スラムから抜け出すことを考えもしなかった。クリス……クリスはマーカスが敵視した世界の人間だわ。彼とわたしは、何を共有できるだろう？　昨夜、ベッドであんなにも求め合い、二人で共有する時間以外など考えたくもなかった。でも、二人の住む世界は一八〇度違う。クリスは日の当たる表に住み、わたしの住む世界は日陰。わたしはメイド、クリスは学歴があり、特権に恵まれた将来有望な政界のサラブレット。月とスッポン。忘れるしかないわ。

それに、もっと悪いことに、わたしはクリスに嘘をついた。

取り返しがつかないことをしたのよ、マリサ・ベンチュラ。

マリサは自分の軽率で愚かな失敗を悔やんでも悔やみ切れず、あとからあとから涙が頬を伝わった。

マリサが家に帰ったのは午後八時を過ぎていた。涙のあとをすっかりぬぐい、中に入っていくと、タイはキッチンのテーブルで黙々と宿題をし、母のベロニカは流しで汚れた食器や鍋を洗っていた。

マリサはタイの額にキスをした。

「ハイ、ハニー、遅くなってごめん」

「おかえり、ママ」

「何の宿題?」

「幾何学だよ。点と線を繋げて、図形を書くのが面白いんだ。代数より幾何学のほうが好きだ。幾何学って、歴史上最古の数学なんだって。ピタゴラスの定理はバビロニアで生まれたんだ。ギリシア時代より一〇〇〇年も昔なんだ。すごいだろ」

「面白そうね」

マリサはタイを見て心がなごんだものの、深いため息をつき、両手に持ったバッグを床に下ろした。

「人事課のロザリーから電話があったよ」ベロニカはマリサに背中を向けたまま、流しで洗い物を続けていた。

マリサは母親の言葉には返事をせず、タイの隣の椅子に座り、肘を突いて、彼の勉強を見守った。

「何時間もおまえの帰りを待っていたのよ」ベロニカは静かに言った。

「用があったの」

タイは母親と祖母のピリピリした雰囲気を敏感に感じ取り、顔を上げる。「ママ、平気?」

「平気よ。ちょっと詰めて。わたしでも幾何学がわかるかな?」

「説明しようか?」タイは何気なくマリサを気遣った。

「八年生で幾何学を勉強するの?」

「特別授業を取っているんだ。先生に勧められたから」

「初耳よ」

「二週間前に始まったばかりだ」

「夕飯は? もう食べた?」

「一時間前に食べたよ」返事をしたのはベロニカだった。「おまえの帰りを一時間以上待っていたんだ」

「ママ、それ以上、何も言わないで」

ベロニカは蛇口をひねって止め、やっと顔を向けて、マリサを見る。「おまえは何を言っても聞かない」

「じゃあ、黙っていたほうがいいわ」

「ちゃんと話をしないといけない」

「わたしはもう子供じゃないのよ、ベロニカ・ベンチュラ。あなたの娘には違いないけれど、立派な大人だわ」

タイは慌てて教科書とノートをしまう。「自分の部屋で勉強する。部屋のほうが静かだ」タイはキッチンから逃げ出した。

ベロニカは娘を睨み、首を振る。「わたしをよく見なさい」

「わたし、お風呂に入る」

マリサがキッチンを出ると、ベロニカは彼女を追った。マリサに続いて寝室に入り、彼女が着替えを始めると、ベッドの端に腰をおろした。

「ママ、やめて。何を言っても、聞きたくない」

ベロニカは黙っていない。「おまえ、何を考えていたの？　あんな人とデートをするなんて。もっと分別を持ちなさい、といつも口をすっぱくして言っているじゃないの。それなのに、こんなことになって」

マリサは母親の言葉を無視して、浴室に入るとバスタブの蛇口をひねり、お湯と水を合わせて適温にした。ベロニカは彼女のあとにぴったりついていった。

「入浴剤は？」

「切れている」

「嫌だ……」マリサは振り向いてベロニカを見る。「あんな人ってどんな人？」

「何を言いたいの？」

「あんな人とデートして、と言ったじゃない。はっきり言えないの？」

「クリストファー・マーシャルよ」ベロニカは叫んだ。「彼とデートをするために、他人になりすました。なんて、恥知らず！　おまえにはプライドはないのかい、マリサ？」

「ロザリーのお喋り」

「彼女から全部、聞いたよ」

「彼女らしいわ」

マリサはバスローブを着て、腰で紐を結びながら、浴室を出た。「ママ、ついてこないで。イライラする」

「ちゃんと答えなさい」

「何を知りたいの？　わたしもようやくわかったわ。ママみたいな人は彼のような人たちを神のように崇めている。何故なら、彼が白人のお金持ちで、わたしたちが望んでも手にできないものをすべて持っているから。ママは、わたしが彼とデートする権利があると思っていることに、腹を立てているし、嫉妬している」

「おまえが彼とデートできるわけがない」

「そんなふうにしか、考えられないの？」

「世間を見れば、どっちが正しいかわかるだろ」

マリサは一瞬、母親を悲しい目で見つめると、ゆっくりと首を振った。

「ママ、どうしてなの?」

「何が言いたいの?」

「ママは立派な女性よ。望めば、どんな仕事でもできたはずなのに。いったい何が怖くて、自分には相応しくないと諦めてしまったの。どうして、努力をしなかったの?」

「親のわたしに、なんて口をきくの、マリサ。親にもっと敬意を払いなさい。仕事を失ったのはおまえなんだよ」

マリサは浴室に戻り、蛇口をしめた。

「首になったのはわたしよ」マリサは苛立った。「しくじったのはわたし。誰も責められない、自分のせいよ。でも、もういい——わたしは平気よ」

ベロニカはうなずく。「わかったわ。明日、ロドリゲスさんに電話をしようね。彼女に仕事を世話してもらえる。彼女は一〇人くらいの女の子を雇って、このあたりの家の掃除を請け負っている。おまえの経験があれば、ロドリゲスさんは問題なく雇ってくれる。マリサ、悪い仕事じゃないよ。仕事場は高級住宅街のお屋敷だ。安心しなさい。明日の朝、一番でロドリゲスさんに電話するから」

マリサは何も言わずに髪を梳かしていたが、黙っていられなくなった。「ママ、聞いて。ママを好きだし、親として尊敬もしているし、感謝もしている。でもね、ロドリゲスさんのところで仕事をする気はない。他人の家を掃除するのは、絶対に嫌よ。いくら真面目に働いても、その先がない。今はホテルのメイドでも、わたしは仕事を覚えて支配人になりたい。夢は自分でホテルを経営することなの」

ベロニカは呆れて首を振る。「大きな口をきいて、立派な夢だね。ベレスフォードでのご立派な働きがあれば、おまえを雇う人はたくさんいるだろうよ」ベロニカは目を閉じ、思わず口から出た嫌みに深いため息をつく。「どうしてわからないの？　夢を見るのもいいけど、いい加減に目を覚ましなさい！　おまえには責任がある」半ば閉じた片手を振り上げる。「この手に何があるか、わかっているの？」

「何も見えない」

「この拳《こぶし》一杯になる請求書を、想像してごらん。時計が時を刻むように、請求書は必ず送られてくる。高尚な夢を持つだけじゃ、請求書を精算できない。低所得者住宅に戻りたいの？　手の届かないことをいつまでも夢見ていたら、すぐにあそこに逆戻りだ。ちゃんと生計を立てたいなら、ロドリゲスさんに電話をしなさい」

マリサは母親をまじまじと見てから、ようやく口を開く。「そうね、ママの言うとおりだわ。わたしは優秀な掃除婦よ。わたしが通ったあとには埃ひとつ落ちていない。わたしにできるのはこの仕事だけだから、一からやり直すわ」

ベロニカはマリサを励ますようにほほえむ。「ようやくわかったのね」

「でも、ロドリゲスさんのところでは働かない」マリサは辛抱強く続ける。「ミッドタウンのホテルでメイドの仕事を探す。メイドとしてしばらく勤勉に働いたら、管理職コースで勉強する。もう一度管理職に昇級するチャンスが巡ってくれば、今度こそ失敗しない」

ベロニカは何も聞きたくないと言うように、激しく首を振った。

「ママ、いつかホテルの支配人になるわ。わたしは諦めない。不安に勝ってみせる。頭からできるはずがないと決めつけるママの声を振り切って、管理職を目指す」マリサは数歩後退し、母親から距離を置く。「その声に引き止められたら、一番恐れていることになる……わたしは……なりたくない……負けたくないの」

「おまえは、わたしをそんなふうに思っているの？」ベロニカの声に力はなかった。

マリサはベロニカの頰にキスをする。「わたしはお風呂に入るから、一人にして」

マリサは母親を傷つけたことが悲しかった。だが、これまで何度も喉元まで出かかった言葉を言わずに来て、重いしこりができていた。いつかはそのしこりを吐き出さなければ、身も心も蝕まれるのはわかり切っていた。母も娘もそのことに気付いていたが、わざと見過ごしていたのだ。

母の時代とは違い、マリサは努力すれば必ず報われると信じている。いや、報われると信じたかったのだ。だから、失敗を恐れて、辛抱強く耐える自分を認めたくなかった。ライオネルに言われたように、重要なのは失敗したあとに立ち直ることだと、改めて思っていた。振り出しに戻って地道にやり直そう。その姿を見れば、母親も理解してくれる、そうマリサは自分を励ましていた。

翌朝、マリサは注意深く服を選んだ。白いブラウス、地味なグレイのスカートに、黒いローヒール・パンプスを合わせて、仕事探しにマンハッタンに出かけるつもりだった。ステファニーが電話をしてきて、ルーズベルト・ホテルにメイドの空きがあることを教えてくれ、ライオネルは必要ならいつでも推薦状を書くと相談に乗ってくれた。

マリサはアパートメント・ビルの表の扉を開けた瞬間、アッと驚き、歩道を見下ろした。驚いて口に手を当てた彼女の写真が、翌日のニューヨーク・ポスト紙のフロント・ページを飾るのは間違いなかった。マイクロフォンを突きつけるリポーター、盛んにシャッターを切るカメラマンが一斉に押し寄せ、マリサは後ずさりして扉にもたれた。リポーターから矢継ぎ早に質問を浴びる。

「ミズ・ベンチュラ、きっかけは？」

「先に声をかけたのはマーシャルのほうですか」

階段を駆け上ろうとするカメラマンに、マリサは指を突きつける。「それ以上、わたしに近寄らないで」

「マーシャル議員は、あなたがメイドだとは知らなかったそうですね」

次々に飛んでくる質問に、マリサは叫び返す。「わたしに構わないで。話すことは何もない。消えてちょうだい。全員、今すぐに！」

リポーターが懲りずにニヤついた顔で訊いてくる。「ベレスフォードの特別サービスだと言われていますけど？」

マリサはリポーターを睨みつけたが、何も言わなかった。

別の若いリポーターがニューヨーク・ポスト紙をマリサに押しつけて、大胆にも言う。「マリサ、それを掲げ持って、笑ってくれないか？」

フロント・ページには街角で口論するマリサとマーシャルが大写しに掲載され、「邪魔をしないで」と派手な見出しが踊り、リードには「クリス・マーシャル、ベレスフォードの客室メイドと恋をする」と記されている。

マリサはリポーターたちに背を向け、ビルの中に逃げ戻った。

＊＊

その頃、ニューヨーク州都オルバニーの州議事堂内にあるクリストファー・マーシャルの事務所で、マーシャルと首席補佐シーガルは陰鬱な表情で大型テレビの画面を見ていた。

フォックス・ニュースがマリサとシーガルの昨日の口論をデジタルビデオに納めて、効果的な編集で放映している。

――「ちょっと、勝手なことを言わないで。現実を見て」と怒りをぶちまけるマリサの表情をカメラはとらえていた。「最初からわたしをメイドだと知っていたら、わたしのことを真剣に考えたかしら？　答えはノー。だって、メイドは目にも入らない存在だから。メイドは目立ってはいけないから。どんなに高邁な政策を掲げていても、ワーキングクラスの本当の現実を見ようともしないでしょ、お偉い議員さん」

マーシャルが困惑した顔で聞いている様子も絶妙のアングルで撮っていた。「きみはチャンスさえ与えてくれなかったのに、どうして、わかるんだ？　自分の意見に固執して人を判別するのでは、偏見を持っている人たちと同じだ……」――

マーシャルはリモコンのボタンを押して、テレビを消した。リモコンをテーブルに投げると、両手で頭を抱えこんだ。「ヤッターの奴、殺してやりたいよ」

シーガルはじっとしてはいられず、部屋の中を歩き回っている。「だから警告しただろ、奴を責めるのはお門違いだ。奴は自分の仕事をしただけだ。きみが職務を果たすのと同じだ。出馬を目の前にして、とんでもない失態だ」

「言われなくても、わかっている」

「すぐに声明を発表しよう。早ければ早いほどいい。クリントン式のもみ消しは通用しない。率直にして、気高い声明をするんだ。きみなら巧くやれる」

マーシャルはうなずいた。

「で、どんな釈明をするつもりだ？　聞こうじゃないか」

「ぼくの流儀でやってもいいだろ、ジェリー？」

「いいだろう。どうせ、すでに厄介なことになっているんだから」

マーシャルは何かを思い立ったのか立ち上がると、何も言わずに出ていった。

「クリス――おい、クリス、何をするつもりなんだ？　待ってくれ」

それから数時間後には、州議事堂の報道室に、大勢のリポーターとカメラマンが詰めかけていた。マーシャルが演壇に上がると、一斉にフラッシュが焚かれた。彼は一瞬目が眩んだが、どうにか笑みを浮かべ、政治家らしく冷静を保った。その姿を見て、マーシャルの心臓がマッハの速度で脈打ち、胃がキリキリ痛んでいるとは、誰も推測しなかっただろう。

「手短に声明を発表したい」その声は沈んでいたが、明瞭だった。「プライバシーの侵害を申し立て、質問は一切受けない」

リポーターからは不満の声が上がり、報道室はざわつくが、マーシャルは片手を上げてほほえむ。「どうか。今回は声明の発表で、質疑応答ではない。いいですね？」軽く咳払いをして、コップの水を一口飲んでから先を続ける。「ニューヨーク市のホテルに滞在中に、ミズ・ベンチュラと彼女の息子さんと知り合い、親しくなりました。今でも友だちです。わたしとの友情のおかげで、ミズ・ベンチュラがマスコミに詮索され、諷刺の的にされていることが、何よりも残念でなりません。マスコミの皆さんが自重し、彼女を追い回すのをすぐにやめることをお願いするばかりです。わたしたちのあいだには、互いを尊重した友情以上のものはありません。ミズ・ベンチュラは異様に加熱したマスコミ報道の餌食となった、罪のない犠牲者です。わたしが申し上げることは以上です。ご静聴、ありがとう」

マーシャルは質問をまったく受け付けずに、報道室から出ていった。

その夜、シーガルの提案で、マーシャルとシーガルは飲みに出かけた。議員と参謀は一緒に過ごす時間は多くとも、酒を飲みながら世間話をするような機会はめったになかった。最初のうちは、二人とも、どことなく遠慮がちで、ぎこちなかった。マーシャルはスコッチ・ウイスキーをロックで注文し、シーガルはマティーニを頼んだ。

「マティーニ党か、ジェリー？　知らなかった」

「たまに飲むくらいだ。マティーニだとすぐに酔って、頭が回らなくなる」シーガルはややためらったが、先を続ける。「今日は上出来だった」

「ありがとう。きみに褒められるとは思ってもいなかった」

「単刀直入でよかった。率直で、ごまかさず、立派だった」

「それ以上言わないでくれ。照れくさいな」

シーガルはマティーニをすすり、グラス越しにマーシャルを見つめる。「クリス、本気で彼女を……」

「その話はしたくない」

シーガルはうなずく。「よかろう」少し間をおいてから、マーシャルの顔を覗き込む。「大丈夫か？」

「ああ。ぼくは大丈夫だ。きみは？」

「元気一杯だ。これまでもいくつも障害を越えてきた。クリス、きみはみんなの期待を裏切らない。上院議員選に出馬して、運がよければ、そして、おれがついていれば、合衆国上院議員になれる」

マーシャルは笑みを浮かべる。「父がいてくれたら、心強いだろうな」

「みんな、お父上を慕っていたな」

「父のようになるべく期待されるのを、痛いほど感じることがある。だが、ぼくは父のようにはなれないよ、ジェリー」

シーガルはマティーニをすすり、ニヤリとする。「マーシャル議員、おれはグラント・マーシャルを知っていた。グラント・マーシャルの元で働き、彼の友でもあった。確かに、あなたはグラント・マーシャルではない」シーガルはテーブルに身を乗り出し、マティーニ・グラスをマーシャルのグラスに軽くぶつける。「きみのほうが優秀だ、クリス。きみのお父上はあれほどの資質を持ちながらも――長所がたくさんあった――、大衆に好まれることを重視するあまり、大きく飛躍するための決断がつかなかった。クリス、きみはきみの本能を信じて、頑固を通せ」

マーシャルは穏やかな笑みを浮かべてうなずく。「心強い言葉だ。最善を尽くそう」

終章　再出発

マリサはルーズベルト・ホテルのメイドに採用された。事件からしばらくのあいだは、驚きと失望の入り混じった気持ちで、ちょっとした有名人になったことを実感した。ルーズベルトでの最初の数日は、ロッカー室で制服に着替えていると、同僚のメイドがチラチラと彼女を見て、何かヒソヒソささやいていたものだ。あるメイドなどは、二週間前のニューヨーク・ポスト紙のフロント・ページを差し出し、きつい東欧訛の英語で「サインしてくれない?」と言ったくらいだ。もちろん、マリサは首を振り、礼儀正しく断った。

数週間が過ぎていくうちに、ゴシップはしだいに色褪せ、マリサは気さくで思いやりのある人柄を認められ、新しい仕事仲間に信頼されるようになった。ステファニー、キーフ、クラリスと冗談を言い合ったベレスフォードの日々を懐かしく思ったが、職場は違っても友情は続いていた。キーフが首にならなかったことを知り、安心もした。徐々に心の平静を取り戻していたが、クリス・マーシャルを忘れることはできなかった。

クリス・マーシャルは彼女の心と夢に住み着いていた。彼の率直な声明以降も、ずっとその動向を追い、ニュース欄を詳細に読み、ハーレムの教会で開催された遊説集会に出席さえした。

マリサは出入り口近くの一番後ろの席に座り、関係者に気付かれないようにした。

マーシャルは壇上で、ほとんどヒスパニック系とアフリカン・アメリカンとが占める会場を静かに見回した。彼は用意してきたスピーチを始めたが、ジェノー・シーガルをチラッと見てから、スピーチ原稿をポケットにしまい、しばらく聴衆をじっと見つめた。

「友人の一人が住宅開発地区で育ちました」マーシャルはゆっくりと明瞭に話し出す。「彼女は低所得者住宅に住んだ経験のない人間に、そこでの暮らしを語る権利はないと言いました。彼女の言うとおりだと思います」

アフリカン・アメリカンの女が太い声で言う。「マーシャルさん、ここに引っ越してくるつもりかい?」

どっと笑いが起こり、マーシャルもつられて笑った。

「なかなか名案です。そうすべきかもしれないな」

マーシャルがシーガルを見ると、渋い顔をして首を振っていた。

「その前に、ここに暮らす人が何を考え、何を求めているか、言ってほしい。あなた方の意見を聞かせていただく集会にしよう」マーシャルは両手を広げて、ほほえんだ。「何でもいいから、話してほしい……」

ヒスパニック系の男が立ち上がった。「二、三日、ここで暮らせば、何かわかるとでも思っているのか？」

「いや、思わない。だが、そこから始まる」マーシャルは誠実に返事をした。

多様な人種の聴衆から、ゆっくりといくつもの手が上がった。マーシャルは笑みを浮かべ、手際よく質問を受け、彼のほうからも質問をした。スピーチを聞くはずの集まりが、いつの間にか、タウン・ミーティングになっていた。

マリサは集会が終わる直前に教会をあとにした。家路を急ぎながら、政治家として成長しているマーシャルを誇りに思い、同時に、心の奥深くがキューンと痛んだ。


クリスマスの一週間ほど前に、タイが朝食をとりながら、ニューヨーク・タイムズを読みふけっていた。マリサはカップにコーヒーを注ぎ、居間に飾った小さなクリスマツ・ツリーをぼんやりと見ていた。

タイが新聞から顔を上げる。「今日は一二月一九日だ」

「そうよ。クリスマスの買い物をするのにまだ六日あるわ」マリサはコーヒーをすすった。

「彼が来るよ、ママ。マンハッタンに戻ってきている」

「誰？　何の話をしているの？」

「クリスだよ。今、マンハッタンにいるんだ」

マリサは新聞を手に取り、マーシャルの写真を見てから、タイに戻す。「そうみたいね。そろそろ着替えなさい。また、学校に遅刻するわよ」

「彼の記者会見がある。記事を読んだ?」

「読んでない」

「どこで記者会見をすると思う?」

「どこでもいいわ。タートルネック・セーターを着なさい。外は寒いから」

タイはパジャマの上を脱ぎ、頭からタートルネック・セーターを被った。

「ママのホテルだ。ルーズベルト・ホテルで記者会見だ」タイはマリサを見る。「ママ?」

「何なの、タイ?」

「ぼくの話を聞いてよ。ママのホテルでクリスの記者会見があると言ったんだ」

「ちゃんと聞こえたわ」

「不思議だと思わない? ママがルーズベルト・ホテルに移ったら、クリスもそこへやってくる……」

「ほかの数千人もルーズベルト・ホテルにやってくる。クリスのことは忘れようと話し合ったはずでしょ」

「そりゃ、そうだけど。でも、これは運命だよ」

「外れ。ニューヨーク・シティの数ある会議場のひとつに過ぎない。それだけよ」

タイはマリサをじっと見つめ、ニッと笑う。「ママ、知っていたんだね？　ぼくに話さなかったけど、クリスが来るのを知っていたんだ」

マリサはテーブル越しに手を伸ばし、タイの顎をつかんで顔を上げさせる。「ハニー、覚えている？　彼とわたしたちは住む世界が違う、と言ったでしょ。でも、彼の幸運を祈りましょう、いいわね？」

タイはうなずく。パジャマのズボンを蹴るように脱ぎ、パンツをはいた。スニーカーの紐を結び出して、途中で、顔を上げる。「ママ、彼はぼくらのこと、懐かしがっているかな？」

「あなたはどう思う、タイ？」

「きっと懐かしがっていると思う」

マリサはほほえみ、息子の髪をなでた。

「でなけりゃ、まともじゃないわ」

マリサがタイの脇の下をくすぐると、二人とも黄色い声を上げて笑った。

　正午に、ルーズベルト・ホテル二階のボールルームで、クリストファー・マーシャルの記者会見が始まった。マーシャルは大勢のビデオカメラマン、リポーター、カメラマンを前にして、余裕さえ感じられる自信に満ちた様子で、質疑応答をこなした。シーガルは有力支援者や共和党の幹部と並び、マーシャルが答えるのを見守っていた。

ウォール・ストリート・ジャーナル紙の記者が質問する。「あなたが上院議員として選出されれば、マーシャル家は三代続けて、ニューヨーク州を代表することになりますが、今、どんなお気持ちですか」

「選出……」マーシャルはゆっくりと発音する。「されたときに、答えるとしよう」

集まった報道陣の笑いを誘い、なかなかいい雰囲気だった。

「お父上は何かアドヴァイスをされましたか」別の記者が質問した。

「ありましたよ、選挙には出るな、と」

さらに笑いが起こり、シーガルでさえ苦笑した。

いつの間にか、タイが会見場に入ってきて、中央へと進んだが、誰にも気付かれなかった。

三〇分ほどして、マーシャルがニューヨークの政治家にとって微妙な課題である通勤税に関する質問を巧みにさばくと、シーガルが彼の耳元でささやいた。

「グリーン・ルームで懇親会がある。異論はないな?」

マーシャルはシーガルにうなずいてから、記者たちに顔を戻した。

「そろそろ時間のようですから、最後の質問にしましょう」

「質問があります」若い声が聞こえた。子供の声だった。

マーシャルは演壇の端をつかみ、身を乗り出した。

「誰かな？　どこにいるのか見えないんだ」

「マーシャルさん、ここだ！」カメラマンが声を上げた。

報道陣が体をずらずと、タイの姿が見えた。シーガルは慌てて首を振ったが、マーシャルの顔には笑みが浮かんだ。

「いいよ。質問は何かな？」

記者会見場の全員が、少年の口が開くのをじっと待った。タイはポケットに手を入れ、ペーパークリップを取り出して、しっかりと握った。

「あの、疑問があって……どうなるのかなと思って……」

タイは緊張して気が遠くなりそうだったので、手にしたペーパークリップを曲げた。口元にまで汗が滲んだ。

マーシャルは根気よく見守り、タイがその先を言うのを待った。すかさず、シーガルが耳元でささやく。「今はやめておけ。これは、ダメだ」

「聞いているから、先を続けて」マーシャルはタイに言った。

タイは深呼吸をして、最初から始める。「あの……人は誰でも過ちを犯す。でも、二度目のチャンスを与えるのは人徳だよね」

マーシャルがうなずく。「そのとおり。同感だ」

タイはおずおずと続ける。「たとえ、嘘をついても、嘘を認めて謝れば、許されるはずだよね。そうでなければ、国会議員や大統領はいなくなる」

誰かが口笛を吹き、記者のあいだで拍手が湧いた。カメラの多くがタイをとらえようとすると、シーガルが慌ててマイクに駆け寄る。

「ありがとう、坊や。これで記者会見を終了します」

「待った、彼はまだ話の途中だ」マーシャルはタイを見る。「先を続けて」

「ウン……もしも、あなたが政治家ではなく、もしも、平凡な人間だったら……その……メイドとか……」

「やってくれた」シーガルが頭を抱えた。

報道陣はざわつき、ようやくタイが何週間か前にマーシャルとタブロイド紙を飾ったメイドの息子だと気付いた。当然、カメラが一斉にタイに向けられた。

「彼女は……過ちを犯した。彼女にはやり直すチャンスはないのかな？　完璧な人はいないでしょ？」タイはペーパークリップを力一杯握り、その関節は真っ白になった。

マーシャルはうなずき、ゆっくりと笑みを浮かべた。

「そうだね――完璧な人間はいない。きみの言うとおりだ。報道陣の淑女、紳士の皆さん、よく見てください。未来の候補者です」

会見場に明るい笑いが起こり、拍手が湧いた。シーガルが演壇に上がり、報道陣に告げる。

「皆さん、貴重な時間を割いていただき、ありがとうございます。また、バッファローで会いましょう」

マーシャルはシーガルにともなわれて演壇を下り、シーガルが彼をグリーン・ルームに誘導しようとした。しかし、マーシャルはその手を払い、タイのほうに進む。

「すべて台なしになるぞ、わかっているのか？」シーガルが小声で叫んだ。

「自分の本能を信じるよ、ジェリー」

二人は一瞬顔を見合わせたが、シーガルはマーシャルの目の輝きを見ると肩をすくめて、引き下がった。

マーシャルはタイのそばに行くと、彼の肩に手を置いた。「いいスピーチだった」

「本当？」タイの顔から笑みがこぼれた。

二人はカメラマンに囲まれ、フラッシュを浴びた。

「そいつに手を食べられちゃうぞ」マーシャルが笑ってペーパークリップを指さした。

タイは手を開きペーパークリップをマーシャルに見せる。「これ、ありがとう」

「よく効くだろ?」

タイはうなずき、まじまじとマーシャルを見た。

「彼女はどこにいるの?」マーシャルは思い切って訊いた。

タイがマーシャルの手を取り、二人一緒に、マリサを探しに行こうとすると、報道陣は迷わず彼らを追いかけた。シーガルも追いかけないわけにはいかなかった。

「しばらく、面白い記事がなかったから、こりゃ、スクープだ」リポーターの声にシーガルは血の気が引いた。

「これで、マーシャルは終わりだ」誰かが大声で言った。

「まさか?」別の声がする。「ラテン系の票が取れる。それだけで、当選は確実さ」

シーガルはそのコメントを聞き逃さなかった。「マーシャル候補はかねてより、ラテン系の人々に配慮してきている。マーシャル家の伝統だ。このコメントを記事にしてくれよ」

タイとマーシャルは報道陣を引き連れて、小走りに廊下を進み、従業員用カフェテリアに向かった。マーシャルはカフェテリアに入ろうとするマリサに気付く。

「マリサ?」

マリサは何気なく振り向き、目に入った光景に息を呑む。「クリス……タイ……タイ、学校はどうしたの? クリス、どういうこと?」

リポーターとカメラマンが押し掛け、派手にフラッシュが焚かれ、口々に質問を叫んだ。マリサは怯えて、マーシャルを呆然と見つめた。

「ぼくは逃げも隠れもしない」とマーシャル。「きみは?」

二人は大勢の見物人の目に晒されながらも、お互いの目をしっかりと見た。マリサもマーシャルと同じく、何も悪いことをしていないのに、罪人のようにコソコソと逃げるのは嫌だった。マーシャルは彼女の手を取り、興味津々に詮索する目と耳から守るように、彼女を脇に引き寄せた。

シーガルはタイミングよく、報道陣と二人のあいだに入り、両手を広げる。「諸君、取材はこれくらいにして」

マーシャルは落ち着いていた。「しばらくだったね」

「ええ、お元気?」マリサは何とかほほえもうとした。

マーシャルはうなずく。「ああ。ずっときみたちのことを心配していた」

「大丈夫よ。救援隊は……いらない」マリサは冗談めかした。

「わかっている。きみを救おうと思って、来たんじゃない。マリサ、もう一度……デートをしよう。もう一度やり直そう。ぼくも、きみも、ありのままの姿で。隠し事はなしで。言いたいのはそれだけだ」

マリサの表情はパッと明るくなる。「それだけ?」

「わからない。でも、そこから始まるんだ。始めてみなくては、先はわからないだろ?」

「そうね」

マリサは背筋を伸ばし、手を差し出した。

「オーケー、やり直しましょう。マリサ・ベンチュラ、職業はホテルのメイドです」

マーシャルは差し出された手をしっかりと握った。

「クリス・マーシャル。合衆国上院議員候補です」

二人は堅く握手をして、いつまでも見つめ合った。

「やった!」タイは手にペーパークリップを握ったまま、二人を見守り、嬉しそうに叫んだ。

どんな人でも過ちを犯す。マリサとマーシャルは深く傷ついたが、犯した過ちから多くのことを学んだ。育ちも肩書きも忘れて、一人の人間として向かい合ったとき、マリサとマーシャルは対等だった。会わずにいたあいだ、二人は何度もお互いのことを考え、住む世界が違う相手を忘れようと思ったが、結局、はっきりとわかったのは、そのことだった。

再会した二人は、世間の目や偏見に振り回されず、お互いに正直になることを誓った。この日から、マリサとマーシャルは二人一緒に新しい一歩を踏み出した。

訳者あとがき

『メイド・イン・マンハッタン』はワーキング・クラスのシングル・マザーと、将来有望な二世議員の恋を描く、いわば、住む世界の違う二人が運命の悪戯で出逢うシンデレラ・ストーリーだ。しかし、ヒロインのマリサは白馬に乗った王子様が現れるのを、ただ夢見心地に待っているような女ではない。彼女はブロンクスの低所得者向け公営住宅に育ち、そこから抜け出す意欲はあったものの、高校を卒業してすぐに妊娠したおかげで、ステップアップの武器となる教育の機会を逃してしまった。若気のいたりで、男の選択を間違ったのだ。その失敗に気づくと、自分にできることは何かと考え、きちんと子育てをしながら、経済的に自立しようとする生き方が潔い。手の届かない夢を見るのではなく、メイドから着実にステップアップする将来像を描く姿勢は浮ついたところがない。目の前の現実をおろそかにせず、どんな仕事でも誇りをもって働き、シングル・マザーとして地道に生きる女なのである。

マリサとクリスのロマンスには身分違いの恋という古臭さはない。確かに、ヒスパニック系の勤労者とWASPのエリートという対照的な二人だ。しかし、飾りを一切脱ぎ捨てて向かい合うとき、真の姿が見えてくる。ともに前の世代を越えようと励みながらも、その難しさに、自信をなくしたり、不安を抱いたりする一人の人間だ。そして、クリスはマリサから、己の正直な本能を信じることを学ぶ。思いがけない出逢いに始まるロマンスは、人生の転機を迎える二人が新たなチャレンジへと踏み切る勇気を育てていく。嫌なことや辛いことがあっても、明日を信じ逞しく生きる女の代表のようなマリサは、希望と勇気を与えてくれる。ロマンチックでスイートなだけでなく、今を懸命に生きる女たちに可能性を信じる力をくれる物語だ。

映画『メイド・イン・マンハッタン』は米国では二〇〇二年一二月一三日に公開され、その週末にナンバーワン・ヒットとなり、ジェニファー・ロペス主演作としては最高の興行成績を記録している。

ジェニファー・ロペスはマリサと同じくブロンクス出身のプエルトリコ系アメリカ人。彼女自身も一五歳まで姉妹と同じベッドで寝るような生活を体験していることから、これまでに演じてきたどの役よりも理解できると言っている。それを裏づけるように、いつもながらのチャーミングさに加えて、思いがけない恋と昇進のチャンスに、一歩踏み外せば地道に築いてきた生活を失うかもしれないという不安を滲ませ、今までになく親近感のあるヒロインを演じている。ロペスの映画デビューは九五年の『ミ・ファミリア』だが、九七年に人気ラテン歌手セレナのサクセス・ストーリー『セレナ』でゴールデン・グローブ賞候補になり、一躍有名になった。その後は、スティーブン・ソダーバーグ監督の『アウト・オブ・サイト』(98)でジョージ・クルーニー、『ウェディング・プランナー』(01)でマシュー・マコノヒー、本作『メイド・イン・マンハッタン』ではレイフ・ファインズと共演し、すばらしい共演相手に恵まれて羨ましいかぎりだ。しかも、公開が控える新作『Gigli』の相手役は結婚間近と噂されるベン・アフレックだ。また、『Shall Weダンス?』のリメイク企画がハリウッドで噂され、主演候補にリチャード・ギア、ジェニファー・ロペスの名が挙がっているというから、実現を期待したい。

一方、クリストファー・マーシャルを演じるレイフ・ファインズは、ジェニファー・ロペスのラブ・コールに応えて出演が決まったという。今年に入って日本で公開された『レッド・ドラゴン』(02)『スパイダー／少年は蜘蛛にキスをする』(02)でかなり重い役を演じているが、本作では初めてロマンチック・コメディに挑戦し、品のいい軽妙さを見せている。

ファインズは一九六二年にイギリスのサフォークで生まれ、王立演劇学校（RADA）で演技を学んだ正統派のイギリス人俳優だ。九二年に『嵐が丘』のヒースクリフで映画デビューを果たし、九三年にはスティーブン・スピルバーグ監督の『シンドラーのリスト』でナチス収容所所長アモン・ゲートを演じて、強烈な印象を残した。この役でアカデミー賞助演男優賞候補になり、それ以降、ハリウッドで活躍している。端正な佇まいで、狂気を哀しく、また、静かな恋心をはかなく演じる姿は美しい。『イングッシュ・ペイシェント』(96)でアカデミー賞、『太陽の雫』(99)でジニー賞、『ことの終わり』(99)で英アカデミー賞(BAFTA)において、それぞれ主演男優賞候補となり、イギリスを代表する演技派スターと言える。

ファインズは演劇界出身のルーツを大切にし、映画界で成功してからもコンスタントに舞台に立ち、九五年に『ハムレット』でトニー賞を受賞した。二〇〇〇年には、アルメイダ劇場製作『リチャード二世』『コレオレーナス』の来日公演を実現させた。今年は、昨年末から一月半ばまでロイヤル・ナショナル・シアターで『The Talking Cure』に出演し、さらに、五月から八月まで古巣のロイヤル・シェイクスピア・カンパニー製作で、イプセン作『Brand』の舞台が予定されている。

最後になりましたが、古典的なシンデレラ・ストーリーに現代的なリアリティを織り込んだ素敵な物語に出合う機会を与えてくださった竹書房の溝尻賢司さん、編集担当の小川よりこさん、中山智映子さんに心からお礼を申し上げます。

二〇〇三年四月吉日

池谷律代

領収書

紀伊國屋書店

東京オペラシティ店
TEL03-5353-0400

2003年 4月29日(火) 16:06 No:0001

(04)

9784812411902 1920174005900
0027文庫 ¥590

小　計	¥590
外税対象額	¥590
外税	¥29
合計	¥619
お預り	¥700
お釣り	¥81

取引No0178　1点買 0001:0001

メイド・イン・マンハッタン
平成15年5月2日初版発行

著者……………………………ジェームズ・エリソン
訳者……………………………………池谷律代
デザイン………………………………橋元浩明
小林厚二

発行人…………………………………高橋一平
発行所……………………………株式会社竹書房
〒102-0072東京都千代田区飯田橋2-7-3
電　話：03-3264-1576
http://www.takeshobo.co.jp
振替：00170-2-179210
印刷所……………………………凸版印刷株式会社

定価はカバーに表示してあります。
乱丁・落丁の場合には当社にてお取り替え致します。
ISBN4-8124-1190-4 C0174
Printed in Japan

Take-Shobo Publishing Co,.Ltd.